后浪出版公司

大河深处

东来 著

四川文艺出版社

目　录

大河深处

雨水似不会停止，头顶的乌云跟了我们整整三天三夜，却在第四日晨光初露时戛然而止。

老笃的马夜里不断打喷嚏，发出闷重的哧鼻声，马脸朝着我，气息都扑在我脸上，躲无处躲。尽管穿了雨衣，雨水还是浸漫进来，潮气在身体里循环，一夜不曾睡安稳。

雨停之后，老笃心情好，搭火烧热水，加了一点红糖，一人一杯，一口一口地咂进嘴，感受热气从食道向下滑，在肺腑之间荡开，将盘踞于骨髓之间的寒冷一片一片剥除，手脚暖和起来，几天抬不起来的眼皮轻轻跳了一下，我向外一看，天已经大亮，山雾弥漫，绿色浓得化不开。

老笃把邮包挂上马背，轻轻拍了拍马的额头，说，上路咯。马那双已老白内障的大眼，轻闪闪眨了一下。就这样，我们离开昨夜歇脚的破屋，又朝着荒寂的丛林迈开步子。按照时间来计算，我们才进山三天，可我疑心丛林它自有一套计时法则，用有锯齿的蕨类、无名的野花、艳丽的毒菇把时间泡发膨胀，山里的三天，是尘世的十天。

“还有多久到盐寨？”我拖着两条湿漉漉的腿问。

“还要走一天半咯。”

“要走那么久？”

“你急什么子？急不来的。”老笃说，他所有的话语后都缀一个长长的尾音，听起来迟徐犹豫。

再往前走，就是赤吾江。要去盐寨，先过赤吾江。几夜雨水，河流暴涨，河水在峡谷里积攒，水变得黄浊暴怒，带着巨大的力量翻涌，声浪阵阵，裹挟着天地间的某种神秘旨意，倾泻而下。这里还没有公路和桥梁，过河只能靠溜索，一旦掉下去，会被激流打得粉身碎骨，再也爬不上来。

我低头看着滚滚江水，用手掰扯一下溜索，手臂粗的铁索锈迹斑斑，不知建于何年，江上的风一吹，摇摇晃晃。我战战兢兢，问老笃，保险吗？老笃十分肯定地点头：保险。

他先替老马绑上绳索，因为担心邮包掉落，用绳索把邮包捆在马肚子上。他早绑熟了，绳子在他手上听话，绳结紧实，却是活结，抓住关节处，用力一扯就松了。老马溜惯了，一点也不怕，放任老笃在它身上捆啊扎啊，心无挂碍地低头吃草。老笃替我也绑好绳结，绳子围着屁股和腰，几乎将我系成大粽子。

手指粗的绳子穿过溜索上的一个铁环，命系在上面。

“我害怕。”我对老笃说，“万一绳子松了怎么办？掉下去就死了。我怕高。”

“不会掉的咯，十个你也绑得住。”看着我惊慌，老笃笑眯眯，“你闭着眼，等到速度降下来，再睁眼，攀着铁索往岸边荡，就过去了，那边风景不一样。”

他手动了一下，猝不及防在我背上推了一把。刺啦，铁环擦着铁锁滑出去，速度极快，风声和水声摩擦，凌厉得像无数小刀子，割着耳朵，使人不自觉地尖叫、闭上眼睛，感受坠落。缀着我的铁链垂垂向赤吾江，浪花甚至打到我的脸上，黏稠而冰凉，也许下一秒我就会砸进水里。几秒之后，速度放缓，像是穿越了一个结界，我挂在铁索上，在江风里摇晃，脚下就是湍急的江流，奇怪的是，我心中没有丝毫畏惧，回过头去看老笃，老笃大声喊着什么，然而声音被激流之声盖住了。他大概说的是，往前攀，过江。我便伸出手，攀着铁索一点点把自己往前拽，像只猿猴，爬到对岸，按照老笃教的办法解开绳结。

江这边的气味不一样，阴沉些潮湿些，然而也说不出什么更具体的所以然，大概过了江，人的气味更少了。

过了一会儿，老笃和马儿也荡了过来，收拾完毕，已经中午，我们坐在岸边吃了点干粮。

“老笃，你溜索出过事故吗？”我问。

“出过咯，六年前，我在这里掉了一匹马。铁环断了，马儿、邮包全都丢尽了。我当时也挂在溜索上，伸手去捞，怎么可能捞得着，只能看着，没有法子。”

“这里过两年要通公路，赤吾江上会架起桥，以后就不用这么辛苦了。”我说。

“那，就，通，吧。”老笃缓慢地说。

也许他是最后一个用马儿运送邮件的邮递员。

四天前，我在灯笼镇找向导，有人推荐一个名为“老笃”的邮递员，说他已经在丛林中穿梭四十年，一直给山里最封闭的几个村庄送邮件，这一带没人比他更熟，每十天他进一趟山，一去七八天。这两天他正好在镇上，马上又要出发。我惊讶于世上仍然有赶着马送信的人，循着路人的指引走向邮局。

镇子不大，只有一个邮局，小破门脸，老笃穿着一身旧得发灰的制服，脚蹬胶鞋，头发花白，正蹲在门口抽水烟，烟雾升腾，他的眼神随之迷失在远处。我一眼认出他，如同在大晴天找出一个彻头彻尾湿漉漉的人——他太容易辨认，浑身冒着来自山野的沉默，非常巨大而凝重。我走过去，他抬起头看我一眼，使劲吸了一口烟，仍旧看着前方。

“外乡小囡，他们说你在找我咯？”他说。他像是故意坐在这里等我。

“是的，他们说你要进山，你会去盐寨吗？我想去那里。”

“那是我每次送信的最后一个寨子，是赤吾人的寨子，不过那里已经没有几个人了，你要去找谁呢？”

“我不去找谁，只想去看看。”

“看什么？跟我说说，或许我知道。”

“唔……”

我停顿了一下，想要整理一下事情的来龙去脉。老笃以为我不想说，眼睛一闭，说：“不想说就算了，进山可不是好玩的，我不想带个不知道天高地厚的小囡。”

“路上说。”我说。

老笃很不以为然，任凭我怎么请求，都不同意带着我，理由是太危险，山高林密野兽出没，他顾得了自己顾不了我，万一出点事，他担待不起。我从包里掏出一千块钱，放在他的水烟筒上，他盯着钱看了好一会儿，当着我的面，一声不响地脱下鞋子，把齐整整的十张红票子塞在鞋垫下，又穿好鞋子，继续抽烟。

“明天赶早来，来晚了我就不等咯。”他说。

隔日一早，我一身户外装备走到邮局，老笃和马儿已经等在那里，他还是那身旧制服，他笑话了我的背包，说，这包又大又重，走远路小囡子要吃苦头。我们出发，雨就开始下，路没走多远，水泥路断头，变成了红泥路，加上下雨，泥泞不堪，每脚迈出去都费力气。一旦离开灯笼镇，就远离了现代社会的便利，山林吐露着它的原始莽苍，人的踪迹变得微不足道，一阵雨就可以抹掉。路上不断碰见傈僳族和彝族的老乡，背着篓子去镇上交换采购。人人都认识老笃，跟他打招呼，老笃笑着同他们摆手、寒暄，他是汉人，不过长年在少数民族地区生活，也会说一些傈僳语、彝语和赤吾语。

沿途一共要经过九个寨子，老笃告诉我，四个傈僳寨、四个彝寨、一个赤吾寨，你要去的盐寨是赤吾人的寨子，他们人一直很少，只有不到两千人，五十六个民族里面找不到他们的名字，一般把他们归入傈僳族里，赤吾人不服呢。盐寨曾经很富裕，光绪年间凿出过一口大盐井，晒出的盐供给四乡八寨，所以大家叫它盐寨。不过二十几年，那几口盐井突然干涸，产不出盐，曾经频繁出入的货商一夜之间走了个干净，败落了，只有赤吾人留下来，守着卖盐盖起的大屋，仍旧靠种植水稻、苞谷、烟草维生。这几年盐寨的年轻人守不住山里的荒日子，跑出去就不再回来，寨子里只有老人。

就像一个贫者不小心跌进美梦中，醒过来之后依然守着赤贫过日子，最后连赤贫也不能了，终于要消亡。

行路很寂寞，大概走了四五个小时之后，腿脚沉重，四周无边的苍翠使人昏昏欲睡，雨水带着寒意降落，不知不觉使人打起哆嗦，我一句话也不想说。老笃随身携带一个音量巨大的喇叭，可以当收音机，但大部分时候都收不到信号，只有刺啦的杂音。他存了许多歌曲在里面，最多的是邓丽君，大喇叭一开，邓丽君甜美的歌喉在山野响起来，入耳时夹杂雨声、风声与马铃。

甜蜜蜜，你笑得甜蜜蜜，好像花儿开在春风里，开在春风里……

在哪里，在哪里见过你，你的笑容这样熟悉，啊，在梦里……

老笃露出怡然的神色，他的马儿步子和他一样轻快，眼神迷醉骀荡，原来都是邓丽君的粉丝。

“喇叭是前两年单位送的，里面存的都是邓丽君的歌，真好听，我一直以为她还活着，后来别人跟我说她早死了。”他说，“我们山里待久了，不用理会外面发生了什么，如果没人告诉我邓丽君死了，我会以为她永远活着。”

这两年，老笃运送的邮件已经越来越少，邮包瘪瘪，但十几年前，据他说，很是风光，因为路只通到灯笼镇，邮件到了邮局，全由老笃一个人往来运送，几十个村寨的人天天睁着眼盼他。外出打工的年轻人多，好吃的好玩的寄回家，没有老笃都送不到，那时候谁都认得老笃，谁都要请老笃吃饭，谁都爱老笃，这几年村村通路，邮局配了一辆五菱之光，能开车去的地方都用车运，只剩下了几个没通车的寨子还用得着老笃。信几乎是没有了，都已经改用手机传信，但邮包还有，大小不限，也不复过去的盛况，亏得老笃明年就要退休，一旦路全都通起来，山里就没有了他和马儿的位置，现在的孩子还有几个认得马铃的声响？山里时间的魔法正在逐步破除。

路旁斜曳出的树枝上缠绕着一条棕蛇，静止不动，吐着红芯，绿豆似的两颗眼睛注视我们，平静而松弛，它大约没有敌意，只是来此巡视它的领地，因此懒洋洋的，雨水将它的鳞片冲刷得晶亮，像是玛瑙所化，我从它的目光里穿过去，不停地回头看它，直至再也看不见它。

在赤吾人的传说中，赤吾江是天上的巨蟒所化，它的鳞片化为赤吾人，蛇是赤吾人的图腾，是神灵之子、江水和丛林之神，不可亵渎。赤吾人的衣服上总是刺绣着层层叠叠的蛇鳞纹，首饰用抽象蛇纹装饰，男人在脸上用印度梅汁画上蛇鳞或是波涛的图案，在赤吾人的多多节里，他们会将自己饲养的鸡鸭，驱逐进密林中，献给蛇神。看到那条蛇开始，我才确认自己进入了赤吾人生活的区域，它把我接洽进这片不可思议的巫地。

走了一整天后我们终于抵达第一个寨子，是傈僳族人的村庄。老笃有经常借宿的老乡家，在那我们吃了一顿朴素的晚饭，老乡和老笃喝了点酒，兴高采烈地唱了半小时山歌。吃完饭，我们团坐在堂前烤火，老笃朝我使眼色，用手指头比了一个“钱”的动作，我会意，从钱包里掏出一百块钱给老乡，老乡接了钱很高兴，说了几句傈僳话，老笃翻译：他说你是好人，耶稣会保佑你。我说，哪个耶稣？老笃白我一眼，说，还有哪个，你往墙上看咯。

墙上贴着一张头顶圣光的耶稣画像，已经褪色发黄，画像上用傈僳人的拼音文字写了一句话，又用汉字翻译出来——神爱世人。

哦，对，这里的少数民族很多信仰基督教，在灯笼镇上我就看见不少十字架，小小的镇子居然有个礼拜堂，里面挤满了衣着艳丽的傈僳人、彝人。十九世纪末至上世纪三十年代，曾经有数位传教士在怒江流域传教，神的圣恩最容易在偏僻贫瘠之地发芽，本地傈僳族、彝族、苗族、赤吾族老乡信基督教的比例不少。怒江流域最有名的传教士当属傅里叶与库克夫妇，傅里叶创造了傈僳文字，库克夫妇用新创的傈僳文翻译了《新约全书》和《颂主歌曲集》。我站起来，细细打量画像，金发碧眼的耶稣冷漠地看向世人，眼神深处却是怜悯。老乡在画像下放了三个小杯，斟满了白酒，大约赤吾江一带的耶稣是喝白酒的。

我和老笃睡一间屋，老笃有风湿，他睡床，我抱着睡袋打地铺。山里布谷鸟在叫，不止一只，凄凄厉厉，在山谷里深邃地回荡。

“老笃，他们为什么叫你老笃？”我还没困意，一片漆黑中，转向老笃的方向。

“唔，笃就是笨，老笃是骂人的话。”老笃说。

“你哪里笨了？”我说。

“在山里兜兜转转五十年，没出去过，嘴巴又紧，娶不到老婆，你说笨不笨咯。”

“不笨。”

“小囡，你嘴甜，心里骂我笨。”

我咯咯笑起来。

“赤吾人说，蛇是山神，人是蛇身上游走的鳞片，世上所有的故事里我最喜欢这一个。几十年山路走下来，我长成了蛇神身上最牢靠的鳞，别人都能走，我走不了，我脚上生了根，移不动，死也要死在这里。”老笃说。

“你是什么时候来这里的，老笃？”

“1969 年从天津下放来的，插队落户在灯笼镇。”

说到这里，我们心领神会地不语，一起听夜雨淅沥。

第二天一早天刚亮，我们又出发，走几个小时就一个寨子，老笃说，后面的寨子更难到达。除了通电之外，这里几乎算是与世隔绝，老乡们的生活贫困，大量的年轻人走出去，也许走得也不远，只去了灯笼镇，远一点的去了昭通、昆明，或者别的什么地方，但村庄确实日渐凋零，多半只剩下老人，大抵和老笃的情况一致，年纪大了，脚下生根，走不了。到了寨子，老笃先去送邮，一般都有老乡招待饭菜，越往山深处，路越难走，山林越巨大荒寂，一不小心就会被吞没，如果是我一人走，我不敢走。老笃轻车熟路，听着邓丽君，和马儿一起进入到醺醺然的状态，他那身深绿色的制服几乎要和山色融在一起。

我们七零八碎地交谈，在话语中拼凑出老笃破碎的过去——

老笃 1969 年下放到此，来了就没有回去。那年来到云南支边的知青有二十万之多，分为兵团知青与插队知青两种，兵团知青大多去往中缅边境的西双版纳，群聚于边疆兵团农场，插队知青则同农民杂居，赚取工分，讨生活。老笃分到插队落户，那时候他都不知道自己要去的地方叫他说起他刚开始送邮时的奇遇。夜里露宿在外，心里害怕，对着篝火和满天星斗吹口哨，吹《我的祖国》和《在那遥远的地方》，过不多久一条全身碧绿的巨蛇慢悠悠过来，足有五六米长，手臂粗，光彩熠熠，趴在不远处。他一身汗毛猛地炸起来，立刻不敢再吹，大气也不敢喘，大蛇抬起它雪白的眼睛朝他望了一眼，仍然蜷头沉睡。老乡和他说起过，山里有大蛇，他不信，直到亲眼见着才信了，而且还是这么大一条蛇。他紧紧盯着那条蛇，怕它突然扑过来，不敢眨眼，直至昏昏沉沉，不小心睡了过去，一觉到天明。醒来，蛇已经游走了，它昨天蜷着的那块地方松松软软地塌陷进去，"它真的来过"。有几个月，他经常能见到那条巨蛇，吹起口哨它就来，在离老笃不远不近的地方蜷着，待一会儿就走。它在的时候，老笃觉得安心，仿佛受到温柔眷顾，他觉得这片天地是厚待他的，接纳他的。

等他这趟山路走熟，一草一木都打过招呼了，心里没有恐惧慌张，那条巨蛇就再没有来过，就像神迹无声无息地消隐，无论他怎么吹口哨，它都不再来了。

"老乡说是耶稣保佑我。可我觉得，那蛇是山河派来指引我的，让我不要害怕，尽可以放心大胆地在山里穿行。每次进山，我都想找到它。"老笃停了停，自言自语，"翠绿色的蛇真好看，世上最好看的动物，真想……再看……一次。"

像个梦。然而我没有说出口，我一丝一毫也不想让老笃觉得我怀疑这件事情的真实性，但说到底，我是不信的。老笃可能被莽林蛊惑了，那条翠绿的大蛇是他在黑暗中自创的想象，山路崎岖，山行寂寞，他造个东西来陪伴自己，所以他才喜欢赤吾人关于蛇的传说。

“你呢，小囡子，为什么来这里？”老笃转头来问。

这可真不好回答，我偏头想着，我是来捕捉一片旧迹，寻找一个上世纪三十年代消失于此的无名男子，可能的话，还想还原一些他生活在此时最后的面貌，我动身来此，没有任何的功利目的，只因机缘、夙愿，冥冥中注定，但我不好这么和老笃说——太憨了，近于傻。

我想了想，告诉老笃说，我上大学的时候有个男朋友，重庆人，长得很出众，唇红齿白，圆圆的脸，嗯，像老版《西游记》的唐僧，后来我们分手了，然而这事和他没什么关系，他只是个引子。我们那时候很喜欢对方，我去他家做客，他家住旧式的楼房，墙上挂了许多老照片，有一张特别陈旧，是张老黑白结婚照，新娘穿着婚纱端坐，新郎站立，在那个时代很新潮，相片一旁用蝇头小楷端正地写着——“郎才女貌，百年好合，路翎与汪桂妍新婚留影，民国十七年”。除了边沿有些磨损外，照片保存得很完整，两个人的面貌清晰，新娘浅浅地笑，新郎则懵然空洞地看向镜头，老黑白照片里的人都发出柔光，衬得那个男人柔和清秀，比新娘子还要漂亮。我那个男朋友说，照片里的是他太爷和太母。他的太爷曾在上海念书，没等毕业就回到家中学习做生意，婚后第三年去云南贩卖茶叶，没有再回来，有人说他被人在路上谋害了，也有人说他在大理出家了，可是没有确切的消息。他对他太爷的了解仅止于此。

因为照片里的男人相貌好，所以我下力气多看了几眼，记在心里，也不是特意，只是自然地流连，连同他的名字也记住了，路翎。那男人的眼睛似乎活过来，随着我的注视而移动，我吓了一跳。照片就有这个功能，将一瞬成为永恒，使后来人仍能见到他的面貌，甚至感知到他的呼吸。就像老笃曾以为邓丽君没死一样，如果不刻意提醒自己，我会以为照片里的人还活着，可一想，是隔了近百岁的人啊，他的骨殖已朽烂了。

这个叫路翎的男人，后来我在不同地方不同场合又见过三次，前两次见到，只是惊叹这世上有这样的巧合，并不十分在意；第三次再见，心里慌张，总觉得看不见的地方有一只手一直指引着我，把我一而再再而三地领向他，那一次，我无论如何也不能忽视，忽视就是亵渎。

第一次是在昆明的古玩市场，我逛至一个卖旧书的小摊上，摊子的一角上压着一捆民国时期的账本，品相完整，四本，一百元包圆，我图好玩买了回去，回上海翻阅，其中一本很有意思，前半本记账，入账几多，出账几多；后半本写了几篇日记、几封待誊抄的信件，字迹清秀圆润，其中一封的开头是“桂妍吾妻，前所寄棉鞋已收到，尺寸相宜……”，落款为“路翎，急就”，信里简略写了几句他随马帮贩茶的苦事。他为了解行情，去偏远的西双版纳收茶，忍着日晒雨淋，运至昆明时，才知道茶价竟然跌了四成，赶紧抛了手里的货物，收支相抵，分文不赚。在云南的第一年，他过得并不好。我当时看了这封信，跳起脚来，是了，无疑，确切，就是那个路翎和桂妍，照片里的那对夫妇。

我将此事告诉我那个男朋友，当时我们已经分手了，但还是朋友，他特意从另一个城市赶来，我将那本账簿转送给他，他有些激动，说回去要将这几封信装裱起来，挂在那张照片的旁边，也许可以让九泉之下的太母安心一些，也是美事。过不多久，我便将此事忘记。

数年后，我翻阅一本名为《西南老照片》的丛书时再次发现路翎的身影。

一张照片里出现了他，他站在一对外国夫妇的身旁，腼腆的笑，图注上写着："传教士阿伦·库克夫妇与信徒，1933年，摄于怒江州。"他的相貌没有什么变化，只是穿了一件皱巴巴满是泥点子的浅色长衫，剃了极短的寸头，五官清晰，看上去比结婚照上更年轻，我一眼认出他来。除了图注上的一句话，书里没有关于路翎更具体的信息，我只能从照片得知他去过怒江，并且拍摄了这幅照片。这是第二次不期而遇，我当时眼前一亮，过后仍然抛在脑后——他仍是个与己无关的人，不值得过度留心。

之后不久，我参与翻译史大伟所著《传教士在中国》。一共三个译者，每个人翻译三分之一，拿到书稿之后发现，我译的其中一个章节写的就是阿伦·库克及其妻子，里面引用大量库克夫妇的日记，以还原库克夫妇在怒江的生活，有几段引起我的注意，内容记述的是他和助手约翰的事。

这位助手是他们在昆明时结识的，是位年轻的茶叶商人，曾在上海的学校上学，会说英语，他见到库克夫妇之后，问了许多关于基督教义的问题，在此之前他已经读了多本传教的小册子，库克夫妇一一为他解答，他在库克夫妇的帮助下受洗，成为一名教徒。相熟之后，他们同行去了大理与临沧拜访友人，之后这位茶叶商人独自返回昆明，库克夫妇步行到怒江大峡谷的里底吾村，在那里扎根下来，向傈僳族人宣教，那位茶叶商人一直与他们保持着通信，常常写信过来问候，寄来一些生活必需品。第二年，这位年轻的茶叶商人出清了自己所有的货物，将资财寄回家中，听从心中唯一的神的召唤，只身来到库克夫妇的身边，成为库克夫妇的助手。他很快精通了傈僳语，担任了里底吾小学的教师，很讨孩子们的喜欢。库克说，比起做商人，他做教师更加有天分。库克夫妇翻译《旧约》时，他出了不少力，大量誊抄工作由这位助手完成。民国二十八年，他取得牧师资格，离开阿伦·库克，去往山更深处赤吾人聚居的赤吾江附近，在盐寨定居，临走时，他对库克说，“要去过神指定他过的生活”。而后，库克的日记里面再也没有提及这位助手，他们失去了联系。

这位助手的汉名 LuLing，库克称呼他为“John”，与那位在约旦河给众人施洗的圣徒同名。在库克的记述中，约翰是个聪明、乐观、热心肠的男人，但是他对自己的过去很少提及，他总是对重庆的妻儿感到愧疚，但从来不肯回去看看他们。

约翰就是路翎，我立刻知道，我再一次与他相逢于故纸中，这世上没有几个人记得他，他的名字与事迹有幸被少量文字记录，这些只言片语遵从神秘的指引，流汇向我，使我一个无关之人得以隔了数十年隔雾看花地观望了他的前半生，在不断观望中，路翎变成我无法忽略的存在，他一定有所目的，除了命中注定，找不到别的解释……他的后半生呢，他在盐寨的生活怎么样，做了什么，死于何时，葬于何地？我滋生出好奇，那时候我就想，应当去一趟怒江和赤吾江，说不定还能找到一点儿的痕迹，还原出零星半点他的后半生。

里底吾村我已经去过，库克夫妇的一切踪迹都被天灾人祸抹去，只留下傈僳族人只言片语的传说，更别提路翎，那里没有任何关于他的线索，没有人记得他。我从里底吾来到灯笼镇，心里其实也并不抱有期望。

听上来像是凭吊，又不是，像是追寻，也说不上，但我就是来了，来找一个独自离开的人。

我叹口气，对老笃说："就是这样，我就是这么来到这里，你不要这样盯着我看，你肯定觉得我傻。"

老笃说："小囡，我不觉得你傻，我是想，等我死了，会不会也有人像你这样跑过来找我，看看我到底怎样活过？"他立刻自己回答，似乎怕听到否定的答案，半笑着说，"不会，一定没有人再记得我，不过那一点也不重要，人死就死了，哪管了那么多哦。"

"对，那一点也不重要。"我附和。

他按下大喇叭的播放键，邓丽君甜得发腻的声音响起来，她唱"虽然已经是百花开，路边的野花你不要采"，老马的步子又轻快起来，马铃儿叮当，我也跟着醺醺然，寂寂然的山路，正需要这样的慰藉。

没想到去盐寨的路那么远而苦，从灯笼镇出发，需要走四天半，现在尚且如此，以前更不必说，路翎身处的时代，丛林一定更加茂密，道路更加泥泞崎岖。第一天第二天我们还可以借住在老乡家，第三天只能住在巡山人漏雨的破屋，山里有不少这样的空屋，行山路的人可以借宿，里面有空床与灶台，一般人找不着，只有像老笃这样的老油条才摸得到。老笃认得路上每个弯弯拐，叫得出路上大部分植物的名字；他都不用看云彩，只要闭着眼，感受一下空气的湿度，就知道接下来几个小时的天气；老笃还会吹鹰哨，嘴巴一噘，一个尖锐短促的哨音飞上了天，很快，不知道从什么地方会滑出一只鹰，他抬起头，嘴里咻啦咻啦地吹高高低低的哨，鹰和着他的调子叫，久久盘旋之后离去，仿佛专程来与他打个招呼。我虽然惊叹，却也不觉得意外，老笃花费了半生的时间来和这片山林对话，彻底地融合，甚至于感染上它的凝重的沉默，他说他的脚上生了根，我以为是个比喻，原来是真的，他不可能再离开这里。

行百里路半九十，前面的路都不算路，非得溜索过了赤吾江，才算是近了盐寨。老笃手一指，说，你往那看。盐寨立于山腰，盘山一条石头路可以到达，望眼去都是木头瓦房，寨子很大，却灰旧如刚出土的古董。

石板路显出旧日富裕的蛛丝马迹，几个衣着深蓝、盘头的赤吾老太太坐在家门口绣花，她们一看见老笃就笑，老笃让马儿给她们表演点头和摇头的绝技，她们笑得更开心，放下针线，走到我们身边。老乡们等不及老笃一家家送，围聚在他身边，满怀期待地看他从邮包里翻出包裹，有的人自然开心，没有的人也不失落，热闹看完，又各自散去——这番场景我有十几年没见到了。我听不懂赤吾人的话，一直站在老笃的身边，老笃帮我打探消息，老乡们叽里呱啦地插嘴，时不时哄堂大笑。他们一直盯着我看，这里可能很久没来过外人。

过后老笃对我说："那个太婆说知道你说的那个人，她说那是她阿爹。"

一个干瘦的太婆站在五米开外，对着我点头，稀疏的头发服服帖帖地篦紧了，很是整洁精神，实际上赤吾人都很整洁精神，村寨虽然旧，却是一尘不染。太婆的年纪至少八十了，皮肤塌落下来，一颗牙齿也没有，猛一眼看去，还能看出她年轻时候的轮廓，真的有些像路翎。出乎我的意料，路翎来到盐寨之后，居然又娶妻生子了。

太婆请我们去她家坐坐。

屋子仍然旧，但是被收拾得齐整，农具整整齐齐地挂在墙上，因无人使用生了锈。太婆一人独居，她端来两张小板凳放在门口，请我们坐，又筛了两碗热酒糟递过来，很热络地招呼。她耳朵不行，口齿也不清楚，老笃和太婆聊天，只能贴着她的耳朵喊，对话进行得极艰难。我的眼睛忍不住往屋子里扫视，期望找到与他有关的事物，没有，什么也没有。过了一会儿，老笃问我，你有路翎的照片吗？她想看看。我说，有。我将从书上剪下来的库克夫妇与路翎的合影交到太婆的手上，太婆看着那照片，忽然咿咿呀呀叫起来，指着路翎的脸，说了好一通话，又把那张照片捂在胸口，眼眶红了。

“她在说什么？”我问老笃。

“她说那就是她阿爹。她没有想到，活着能够再次见到，她脑子不清楚，很多东西忘记了，如果不是这张照片，她记不得阿爹的模样。她问你，这张照片能给她吗？”

“啊！当然可以。”

老笃帮我转达，太婆咿咿呀呀地道谢，不住地用手指摩照片。

“你帮我问问她，他父亲是个怎样的人，来这里做了什么？”我对老笃说。

太婆给了我最后一块拼图，我得以补全路翎的人生：他在 1939 年来到盐寨，似乎完全忘记了宣教，而是脱掉长衫，穿上赤吾人的粗衣，像个普通的赤吾人一样务农，换取口粮。次年，他娶了一位赤吾姑娘，生了孩子，学会了赤吾语，成了个赤吾汉子。然而不过几年之后，路翎上山砍竹，不小心跌下山崖摔成重伤，被人找到时已经奄奄一息，抬回家里，重伤不治，没有熬过当晚。

“他还修了一座小小的石头房子，不知道干什么用的，阿爹经常一个人待在里面。”阿婆说。

小石头房子偏安在寨子的东南角，外墙已经爬满蔓草，看不出来本来的模样，这里很久没有人来过。

老笃替我斫去爬藤，露出石头本来的红灰色和一个低矮狭窄的门，我要钻进去，老笃拦住我，说，小心有蛇。他先钻了进去，几秒钟之后，他出来，说：“太小咯，像个土地庙，只能一个人，连转身都难，没有蛇，小囡你进来看。”我低着头进去，石房里横着一条石凳，一切都靠双手凿出，因而凹凸不平，我甚至能想象出建造者大汗淋漓的模样，地面钻出细草，墙壁长满苔藓，空气霉旧，一抬头，暮光从石头错落的缝隙中透进来，构成一个光之十字架，将石屋照亮。这是一座教堂，只能容纳一个人的教堂，我用手摸着墙壁上凿子的粗糙的痕迹，在那张石凳上坐了一会儿，很多年以前路翎就这么坐着，我走到了他设定好的终点。

夜间，我们住在太婆家中，太婆铺了松松软软的被子，烧了热水给我们洗脚，我舒舒服服地躺在床上，老笃躺在另一张床，裹得严严实实，只露出一个脑袋。太婆还没有睡，她坐在门口轻声歌唱，歌声里夹着砂砾和黏土，听来苍凉又幽远。

“她在唱什么？”我问。

“她在唱赤吾人怀念亲人的歌。”老笃把歌词翻译给我：

你去哪儿了？不见你好久了——

你可真狠心啊，一点消息也不带回——

不过也没有关系，反正我们终究会见面——

你不过来，我就过去——

返回的路上，我突然福至心灵，瞥向丛林，见丛林中一抹莹莹的绿，一条全身碧绿的巨蛇立起它的头颅，如明灯般的两只白色眼睛看向我，我和它对视，身体被定住，想喊老笃，却怎么也喊不出声。过了几秒，也可能是几分钟，又或许是几个小时，它轻柔地掉转身体，往后一退，游向不可知的暗处，我想我必定已经得到某种首肯和接受，手脚又能自如活动。

老笃和马儿已经走出老远，我循着声音追上去，没有提看见大蛇的事。回到城市后，我通过邮政给老笃寄了一个迷你音响，比他之前那个小得多，音质好，声量大，里面存了许多甜歌。老笃打电话来致谢，说，听来听去还是邓丽君好。

我约见了我的前男友，好几年没见，他已经结婚，马上做父亲，工作忙得不可开交，但他还是抽时间与我见了面。我将旅途见闻全都告诉他，他听完不响，过了片刻，说：“那张照片是我爷爷挂的，他怕我们忘记太爷的相貌，太爷离开的时候他还是个婴儿，他也不知道太爷的模样。

爷爷成年后，曾经去云南找过几次，没有找到太爷，家里人早死心了，只有我爷爷坚信他会回来，逐渐成为一个执念，他把这个执念描述得很具体，他说，太爷回来时仍是个三十来岁的年轻人，脸晒得黑黑的，身上淋湿了。”

没有名字的傍晚

从此日向前倒推二十三年零四天，大晴天，春水肥，宜钓鱼。

齐光在河边站着，手里握一根竹钓竿，太阳炽烈，晒得他满头油汗，他不停抹，抹不干净。

河不是大河，本来流向南面，绕着小城一拐，向东去了，很难钓上大鱼，只有个头中小的鱼，然而也不多，肉质鲜嫩，适合烧汤。他已经站了两个多小时，腿脚僵硬，一条鱼也没钓到，心里正急，准备收竿回家，明日再战。收好竿子，往波光粼粼里一看，光亮里漂着什么，一沉一浮，像个巨大的塑料袋，又像个死羊死狗死猪，偏偏风往这边吹，软绵绵，那个东西一点点往这边挪。齐光一直等在岸边，想看看究竟是什么，后来那东西漂近了，他才分辨出来，是具泡涨的尸体，那东西在浪的助力下，像还活着，一上一下地涌。一时之间，他也觉不到害怕，失神而专注地看了一会儿，头皮被春风吹得发麻，脑子里的风筝放得又高又远。

直到尸体离他不到五米远，能看见它的头发丝如荇草波动，他才怕了，用前几天才倒的青春期破锣嗓子大喊——死人啦！

岸边人听了声音，立刻聚来，也不知道哪里有那么多闲人，将那一爿地围得里三层外三层，齐光反而被挤到人群外，跳起脚也看不见，他怒得从那些大人的腿脚缝里钻，拱到最前面，只钻出一个秃脑袋，往光亮里看去，见个老者拿住一根毛竹篙，长长地伸出去，点在那个尸体身上，把它悠到了岸边。是个长发女人，脸朝下趴着，黑色长发裹着头颅，的确良的白裙沾上泥和藻，黄浊一片，河里漂了有几天，涨得像个硕大的皮球。

那个老者又叫了一个人来，两人合力把尸体翻了个面。

“嚯～”人群集体抽凉气，往后仰了一厘米。那女人死状太惨，浸在水里的那一半没块好肉，从手臂到腿，被鱼啃得坑坑洼洼，脸上远看是粉色的，近看原是皮肤被吃去了，露出的红肉泡久发白。她的眼睛大大地睁着，失去了面貌，也就辨不出来是谁。

空气中弥漫着泥的腥气、河的潮湿，人腐败的臭。

齐光看了一会儿，觉得和在路边上看见死猫死狗差不多，没多大意思，便以倒车的方式从人群中后退，用大屁股把人推开，硬挤出去。退出比进来还要艰难些，附近的人听说这里有死人，来看的人多，几分钟小码头成集市了，毛估估也有上百人，都往前挤，像回巢的蜂，嗡嗡嗡。

齐光摸到了自己的竹竿，走到坝子上去，从鼻腔里翻上来一阵恶臭，又想着那女人没了皮的脸、被鱼咬去的肉，早上吃的粥一下子冲到喉咙口，一低头，直接吐在柏油路上。他擦擦嘴，想起来点什么，猛地把鱼竿子往地上一丢，摔得哐当作响，吐了几口唾沫。

“老子再也不吃鱼了，妈的，恶心，晦气。”

临近中午，太阳蒙上一层灰，风里有寒意，不像上午那么暖融融，春末的天气变幻快，最多傍晚就会下雨。到吃午饭的点，得回家了，他走下坝子，径自穿过运煤的小铁路，走进灯泡厂，去往蜷缩于厂宿舍楼的小家，按照推算，此时妈妈应该不在家，但她会做好饭菜，在桌上摆好，用盘子扣住，等着齐光来吃，最近她总是做凉拌蒲公英，因为到处都是，随地可采。灯泡厂的墙角、水泥地裂缝里，这些东西见缝插针，沾上点土就发芽，春雨一浇就抽条，有些长得细弱，有些长得强壮，妈妈早起去做体操，回来时会顺带掐一把。蒲公英的味道微苦淡涩，酱油和盐也盖不住那股青味，她说，苦的东西清肝明目，要多吃。

灯泡厂前年已破产倒闭，早没了工人，四个车间，左手边是第一第二车间，右手边是第三第四车间，灰色外墙上爬满爬山虎的藤，这会儿还没有完全热，叶子还有嫩色，生机勃勃。车间紧闭，大门都用大铁链子拴着，再缀一把“宇宙”牌大锁。铁链和大锁都染上层层锈迹，好些日子没人动过。

齐光的爸以前在第一车间干活，吹泡筒，这是灯泡生产过程中最有技术含量的活——拿一根一米五的空心铁管，蘸上热玻璃，吹上一口气，再把玻璃溶液放进模具上，一边吹一边转，吹得薄厚均匀，又圆又滑，成了，等玻璃冷却一点，再从铁管上摘下来，齐整整码进箱子里，整个过程不过三分钟。齐光小时候最喜欢趴窗户沿上看爸吹灯泡，只见他腮帮子一鼓，玻璃像气球一样胀开，再一摆弄，就变成了泡筒。他吹得又快又好，别人一天只能吹一百五十个，他一天能吹两百五十个，所以他外号“二百五”。拉灯芯也特别好看，两个人合作，一个人用大管子蘸上十几斤的玻璃溶液，另一个人用管子挑住，拉麦芽糖似的，均匀往后拖，拉出一条细弱、透明、光灿灿的玻璃线，风干凝固后，再由一人拿着小铲子一截截打断，那声音“叮叮叮”脆生生，在耳边跳跃。因为热玻璃，车间里无论寒暑都热烘烘的，燥得人发慌，工人们光着膀子干活，除了小孩爱看，妇女也爱看，她们走过车间时假装看鸟，眼神追随着鸟踪，溜进窗户里。

为了多吹一些灯泡，维持“生产标兵”的称号，爸每天早上六点半在厂子中央的空地上吹一小时唢呐，锻炼肺活量，风雨无阻。本市唢呐只在丧葬上用，因而它有种魔性，任是多喜庆的曲子，一经它响都让人想起葬礼。爸的唢呐声是灯泡厂的闹钟，他一吹，家属楼里就热闹起来，做操的做操，吵架的吵架，换煤饼子的换煤饼子。八点钟准时上班。

齐光透过玻璃朝车间里望过去，里面空荡荡，没有人的车间就是个凭空造来的大水泥盒子，呆愣愣杵着。走过车间，过一个小篮球场就是职工宿舍，齐光家在三楼，占地四十八平米，走廊改造成了厨房，放了一个蜂窝煤炉，窗台上陈列油盐酱醋。钥匙捅开门，走进去空落落，妈果然不在。桌上摆了三盘菜，一盘凉拌蒲公英、一盘辣椒猪头肉、一盘红烧茄子。饭菜凉透了，齐光用热水泡了饭，草草吃了一顿。

今天有人办丧事，请爸去吹唢呐，爸一早出门了，夜中才能回来。灯泡厂倒闭以后，他很长一段时间没事情可干，待在厂里嫌苦闷又没钱，一天吹二百五十个灯泡的力气没处使，整日跑到人民广场上吹唢呐，情绪饱满，连吹几个小时不带歇。十几万人的小县城，经不住传播，没几天就都知道人民广场有个人唢呐吹得不错，有个丧仪队来找他，请他来镇场子，每个月发工资还有提成，算下来比以前在灯泡厂还强。葬礼上他的唢呐声悠悠扬扬，配合着家属哭丧，哀思且悲凉，每回走的时候，办葬礼的人家还要专门包点小费给齐光他爸，因为吹得好，吹得人眼泪横飞、魂飞魄散。

一开始爸不肯去，放不下脸。灯泡厂高级技工跑人葬礼上吹唢呐，成何体统。妈一巴掌拍醒他：得了，你放不下“齐工”的架子，现在也没有灯泡给你吹了，那一家人抱团饿死吧，生路不走走死路，活该，再说了，吹唢呐吹成人民艺术家也不是没有，说不准你就是一个。爸被说动了，作为丧仪队编外人员吹了几次，队里的人喊他“齐老师”，这称呼可比“齐工”还有面子，听起来特有文化，再加上给的钱多，爸就这么入伙了。那年煞得厉害，入春之后老人走得多，爸所在的丧仪队忙得前脚黏后脚，天天都要出活。

妈原来是灯泡厂里烫标签的，在第四车间干活。铜戳蘸上黄漆，拈着灯泡头，对准位置，轻轻一拓，拓出“为民”两字，放进箱子里等候干燥。这活没有什么技术含量，妈手脚快，总是上午就把事情做完了，下午的时间用来织毛衣。她什么花样都会织，还托人买了几本日本的编织书，日文看不懂，就着图片使劲琢磨，所以她手上时常有些时髦的新花样，别人求她教，她不肯教，绝活哪能随随便便告诉人家，告诉人家了那还能叫绝活吗。灯泡厂还没倒之前，妈给人织毛衣挣外快，一件毛衣工费十块钱，不含线，两天织一件，一个月也能挣个百来块，齐光上小学的零花钱一直比别人多，都打这儿来。灯泡厂没了，妈和厂里另外几个女工合伙搞了个针织店，专门给人织来样定做的高档羊绒衫，一件绒衫价值两百，能抵得上妈以前在厂里一月工资。就这么，还赶不及，每天也得忙到夜间。以前爸妈工资加起来五百,一家人抠着省着，可人家一件衣服就值这么多。妈吐着舌头说，日子这么艰难，哪里蹦出来这么多有钱人，天上掉下来的呀。

爸妈都见不着面，齐光成了狗不理，开家长会没人去，学业没人管，老师也瞧不上，齐光乐得混日子，反正爸也没时间揍他，以前那是盯着揍的，一点小事就揍起来，揍得齐光眼睛都红了，恨不得拿刀剁了爸。他已经半个月没去学校，天天和野豆、梁瓜瓜一起瞎逛，去录像厅看香港电影、打拳皇、溜旱冰。他新近迷上钓鱼，自己在灯泡厂的绿化带砍了一根竹，做了根鱼竿，每天上午背着书包假装去上学，其实是到城边河边钓两三个小时鱼，钓上来的鱼也不敢带回家去，怕爸妈知道他没去学校，每次都把鱼从钩上摘下来，重新扔回到河里，这些鱼长得何其相似，同样的大小同样的鳍和鳞，他疑心每一次钓上来的都是同一条。浮漂随水而动，眼睛盯着它一动不动，心不在焉，有点儿困意，又有点儿什么在心底深处醒过来，还没觉出来那到底是什么，时间就这样粼粼地溜走。

饭吃得急，午后有桩大事要干。

昨日和野豆他们约好了，今天灯光球场会合，下午三点去第四中学后面的小土坡上打群架，教训第四中学那两个野杂种，欺负到太岁老爷头上来，死路一条。野豆恶狠狠地说：这次来点狠的，搞几把刀，让他们挂点彩。他随即哼起《纵横四海》主题曲，梁瓜瓜也跟着哼哼，齐光没哼，想的是上哪搞刀子，搞多大的刀子。野豆让齐光别操这个心，他有办法，齐光不吭声。野豆说，你是不是不想去，不想去早说，我和梁瓜瓜两个人去就能灭他们一个团。齐光被他问蔫了，立刻回答：帮兄弟打架，义不容辞！

这架打得不明不白，要说实话，野豆并不占理，他和梁瓜瓜夜里去四中偷自行车，被两个值勤巡逻的学生抓了个正着，摁着一顿打，扔了出来。打得不狠，也没断手折腿，可野豆记恨，这事情说大不大说小不小，主要是丢人，以后野豆豆自封的“城西一霸”名号喊不出去啦，他托人问清楚了打他的是哪两个，一一下了战书，要以牙还牙以眼还眼。齐光纯来帮闲，此事和他一点干系也没有，可他一听要动刀子，确实有些坐不住，这玩太大了。

灯光球场在灯泡厂和帆布厂的中间，已经荒废多年，铁网围着。七五年灯泡厂风光无限时，几个工人用五百只一百瓦的白炽灯泡、四根电线竿子，分置东南西北，拼出一个灯光篮球场，和隔壁帆布厂的工人共用，外围一圈铁网，外面闲杂人等还不让进。五百个灯泡齐齐打开时，亮如白昼，远照四邻。十几年间灯泡相继炸掉，到了齐光这会儿，电线都烂没了，灯泡厂和帆布厂的人都忘了这个球场似的，紧闭着大门，任它蒿草满地，泡桐丛生。

齐光从铁线网的破洞里钻进去，时间还早，野豆和梁瓜瓜还没到，球场上一片绿幽，蚊蚋还没有滋生，齐光铺开一片草，僵僵往地上一躺，眯了一觉，阳光透过眼皮，落下一层红红的热意。差不多等到日头偏西，才听到野豆和梁瓜瓜的声音在旁边响起。

野豆手里拎一个布包，扔在地上，哐当作响，露出三把寒光凛凛的西瓜刀。他指着刀说："挑吧。"

"你从哪里弄来的？"齐光问。

"跟人买的，特地开了刃，别说切西瓜，切石头都成。怎么样，能砍死那俩畜生吧？"

梁瓜瓜挑出一把来，在空中霍了一下，粗声粗气地说："能。"

齐光说："瓜瓜你个子小，打架的时候站我和豆豆后面，别往前冲，知道不？"

梁瓜瓜说："呸，我人小力气大，真干起架来，齐光你不一定能打赢我。"

"瓜瓜你就是个没心没肺的傻逼，不晓得谁对你好。"

梁瓜瓜屁股一摆，跑一边玩刀去了，一会儿金鸡独立一会儿白鹤亮翅，口中念念有词，念的是武侠电影里的昏招。

野豆也拿一把在手里玩，就剩一把在地上，齐光拾起来，仔细端详。全天下的西瓜刀一个模样，长长细细扁扁，刀头平切，轻飘飘的也不重，刚开出来的刃粗糙而锋锐，一刀下去，能深深地切进肉里。

齐光忽然问："豆豆，你怕死吗？"

野豆愣了一下，立刻回答："不怕。"

“瓜瓜呢？”

梁瓜瓜还在气头上，不吭声，没理会他。

“我今天早上在南门河里看见死人了，一个女的，在水里泡了好几天，涨得有两个梁瓜瓜那么大，身上被鱼咬烂了。”齐光一边说，一边打了个颤栗。

野豆说：“然后呢？”

“我第一次看见死人，觉得挺可怕的。”

野豆挥舞了一下手里的刀，朝着虚空中的假想敌劈过去，回过头来说：“我不怕死，反正我死了也没人替我难过……保不齐我爸还会高兴。”

齐光听了心里凉飕飕，笨拙又别扭地伸出手去，拍了拍野豆的肩膀，以示珍重。野豆没回应，眉头微微皱起，眼珠斜飞，眼神里有恨意。齐光知道豆豆又开始恼他爸爸了。

野豆可怜，命不好。这话不是齐光说的，而是灯泡厂的大人们说给他听的。

有段时间不知道怎么搞的，厂里的工人给孩子取名字都用叠字，“瓜瓜”“豆豆”“楚楚”“璐璐”“柴柴”，到了吃饭的点，大人们一齐叫嚷起来，“瓜瓜”“豆豆”“柴柴”，喊小猫小狗似的，满院的孩子小猫小狗似的蹿。齐光原名“齐光光”，有段时间爸打牌总是输钱，怪罪在儿子的名字上，给带到派出所改了，去掉一个“光”字，不叠字了。几个孩子年岁相近，一起上的幼儿园和小学，又一起升了初中，青梅竹马，整日黏在一起，后来楚楚、璐璐和柴柴等人搬走了，剩了瓜瓜、豆豆和齐光。

豆豆姓刘，野豆是他的自称。豆豆爸和齐光他爸一样，都是吹泡筒的，以前分在一个工作小组，住在同一栋职工楼。豆豆七岁那年，豆爸和豆妈闹得凶，豆妈一气之下喝了农药，送到医院时，全身黑紫，洗胃也没抢救回来，豆豆哭得差点断气，从此恨上他爸。他扒着运煤的货车离家出走，好几个月也没消息，厂里人都说这孩子找不回来了，后来不知怎么的，他又黑头黢脸地从旮旯里蹦出来。听他说，最远到了浙江绍兴，还可能在上海遛了一圈。一个七岁的孩子这几个月到底怎么活下来的，豆豆自己也说不太清。大人们说，豆豆这人命硬啊。这事之后，齐光很服气豆豆，毕竟他是灯泡厂里唯一出过省的孩子。

灯泡厂倒闭之前，效益已经不行，豆豆爸从厂里出去单干，跟人合伙包小煤窑，一夜之间赚不少钱，娶一个年轻漂亮的小学老师，生了个新小子，在北门造了四层楼的房子，从厂里搬出去，生活这就翻篇了，一切重新开始。豆豆不肯跟他爸走，一个人仍住在厂职工楼里，既没人照拂，也没人管教，他爸隔段时间托人给他送点生活费，其余的也不理会。豆豆主意大，到处跟人说自己没妈没爸，是个野孩子，野豆，野豆，就这么叫起来了。

梁瓜瓜的脑壳有问题，小时候得过脑膜炎，留下了后遗症，别的也没什么，就是比一般孩子笨，小时候并不觉得那么严重，越大越显出来，眼神笔直地放出去不拐弯，痴痴愣愣的，体格发育迟缓，个头小，手脚不协调。瓜瓜住在帆布厂，他爸以前在帆布厂里专司运送货物，人高马大，开大卡车，威风神气，梁瓜瓜虽然是个笨蛋，但也会骄傲，跟他爸走在一起时，腿踢得高高的，眼睛能翻过头顶。帆布厂没了，瓜瓜爸自己买了辆大卡车跑运输，一个月在家待不了几天，梁瓜瓜失去了光环，自此萎靡，整天和野豆混在一起。

野豆和梁瓜瓜要好，齐光是凑数的。野豆看多了香港电影，豪气干云天，整天把“兄弟情谊”挂在嘴边，要和梁瓜瓜拜把子，但拜把子两个人不行，刘关张桃园结义那也是三个人，正好齐光也浪荡无着落，凑热闹掺和进来，可心底话掏出来讲，齐光不太愿意和他们走太近，野豆豆是公认的坏小子，梁瓜瓜是公认的傻小子，跟他们混在一起也不算什么好鸟。

三个人在灯光球场指天歃血，找了个破碗，用小刀在手指头上划开一道口子，硬生生挤出几滴血，学电影里念了“我野豆豆”“我齐光”“我梁瓜瓜”“不能同年同月同日生，但愿同年同月同日死”，完事后，野豆请梁瓜瓜和齐光吃了桂花凉粉，一起去录像厅看了李连杰的《太极张三丰》。

齐光纳闷，原来拜把子就是这么一回事，怎么这么平淡，一点情绪起伏也没有，后来看了《英雄本色》才想起差距在哪里——他妈的，没配乐！

既然拜了把子，野豆要打架，齐光就不得不帮忙。兵器已经挑好，时间也差不多，三个人悠悠地踱过去，梁瓜瓜一路上霍霍他的刀，兴奋不已，引得路旁的人都拿着怪眼神瞧他们。齐光只好站远点，把西瓜刀往袖子里藏，不想让人看出他们是一伙的。

第四中学后面的小山坡很快会被铲平，即将改成一个足球场，推土机和土方车停在一旁，也许明天就会开工。每年秋冬都会有人来此放火，土坡上光秃秃的，没有大树，只有几棵幼松和矮矮的芦草，远远看见坡上蹲着几个人。四中的校服是蓝白相间的运动服，很显眼，可是隔得太远，还是辨不清到底几个人。野豆眯起眼看，说有四个孙子，齐光说有五个，梁瓜瓜说六个孙子。野豆在梁瓜瓜头上捶了一拳，骂他长别人志气灭自己威风。不过可以确定，对方人数一定比自己这边多。

齐光越走近小土坡，心跳越急，一直跳上嗓子眼，热血冲上头顶，脸颊发烫。

齐光说："野豆，你给几个人下了战书？"

"就两个。没想到这俩孙子还带人，妈的。"

"你不也带了人来。你在战书怎么写的？"

"我说要让他们死得很难看，打得他妈都不认识他们。"

"他们人数比我们多，我看这次是我们死得难看。"齐光低着头。

"我们有刀，乱砍也能剁他们好几个。"

"哎！你干嘛去偷自行车呢？"

野豆白他一眼，说："我请你们看录像、吃饭、打台球，没让你掏过钱吧。你管得真宽。以后我不光偷自行车，我还要偷汽车，还要抢银行、杀人，你信不？"

齐光相信凭着野豆的胆量和脾气，这些事情他都做得出来。他不再吭声，野豆嫌他尿，拉着梁瓜瓜走前面。离土坡已近，能清楚地看出对方有五个人，他们朝这边走过来，很快就会狭路相逢。

那五个人在距离齐光他们五米远的地方停住，手里各握一根手臂粗的大棍子，远看像一排瘦瘦高高的竹竿子，脸上挂着不屑的笑意。齐光心里立刻骂了野豆的娘——他一直没说这些人是高年级生。这些人高他们一个头，人数还比他们多，这不是两军对垒，而是核碾压。

天空被一片黑浓的乌云遮住，阴沉沉的，风卷起沙子，芦草像浪一样滚动，也将少年额前的头发吹得乱舞。空气潮湿。在云层的彼端、深处，两声闷闷的春雷响动——快下大雨了。在那一刻，齐光想丢下手里的西瓜刀，一路狂奔，躲进家里的柜子。

一个满面青春痘的男生站出来，问："哪一个是野豆？"

野豆颤巍巍地往前迈了一步，嘴里还横："就是你爷爷我。"

那个男生又说："有胆子，等的时候还怕你不敢来，我们准备撒泡尿回去了。没想到你们竟然来了，还是这么小的孩子，传出去我们打小孩不光彩，你跪地上磕两个头我就放了你们。"

野豆扬了扬手里的刀，说："等会让你跪地上喊我们爷爷。"

梁瓜瓜紧紧把刀举在面前，大声叫："喊我们爷爷！"

"……"

被梁瓜瓜这么一叫，两伙人突然静默下来，都尖着耳朵听风声，这雨即刻就要下来。齐光走了个神，想起钓鱼时的情形，浮漂一沉一浮，鱼儿上钩了，他抬起竿子，鱼弹动得厉害，铁钩穿过了它的嘴唇，他抓着它湿滑滑的脊背，将它从鱼钩上卸下来，感受它奋力在手里挣扎，然后哧溜一下，一个抛物线重新滑回河里，不见了影踪。他又想起早晨的女尸，随着浪上下跳跃，朝着他缓缓漂来，那股复杂难名的味道从脑海中飘出来，进入鼻腔，使人作呕。他丢开了手里的西瓜刀，觉得那玩意儿烫手。

两伙人打了起来，怎么开始的齐光记不清楚，像是梁瓜瓜猛地举着刀哇呀呀冲了出去，野豆随即跟上，两伙人扭在了一起，齐光一直杵着，没挪步；怎么结束的他也没有看分明，只听见野豆豆哑着嗓子撕心裂肺地喊了两声“瓜瓜！瓜瓜！”，本来挤成一团的人突然松开，围成一圈，只剩了梁瓜瓜倒在地上扭来扭去，他的腿被刀划了一道，肉翻卷出来，深红的血汩汩往外涌，打湿了裤子，滴落到草地。野豆红了眼，往地上一匍，捡起刀来，见人就砍，那几个大孩子一棍子抡过去把他掀翻，摁住了手脚，使劲扇了几巴掌，拿着他的头往地上砸了两下，砸得砰砰作响，他的脸立刻涨红了，两行鼻血滚出来，滴落在地上。齐光的眼泪和鼻涕糊了一脸，到底是什么时候开始哭的——是从野豆被按住开始，还是从梁瓜瓜受伤开始，还是从他们扭打在一起就开始了——他记不清。

“妈的，野豆这小子疯了。”四中的人说。

他们捡起西瓜刀，准备离开土坡，其中一人指着齐光说，这还有一个。另一人说，这是个废物，不用管他。

那群人一走，乌云兜不住雨水，浇泼下来。齐光想去看看野豆和梁瓜瓜怎么样了，两只腿却重得抬不动，他只好一直那么站着，任由雨水从里到外将他打得透湿。野豆脸扑在地，一动也不动，过了好一会儿，才挣起来，一步一步走到梁瓜瓜的身边，把梁瓜瓜拉起来，背到背上，一言不发地离开。他从始至终都没有看向齐光。

他们走出很远，齐光还能听见梁瓜瓜哼哼唧唧地喊疼。

灯光球场三结义的兄弟情谊只持续了一个月，猝不及防地结束。

齐光回到家时，天色已晚，雨下了好一阵子，春末的雨依然寒凉透骨，冻得他牙齿打战。快到灯泡厂时，他发现厂子门口的那排路灯坏了，昨天还好好的，今天不亮了，昏暗中樟树的落叶铺出一条红黄相间的路，厂职工楼里只亮了几盏灯，这一二年间不知不觉搬出去许多户，没从前的热闹。他在楼道口擦干净脚上的黄泥，慢慢走上楼，妈正在走廊烧饭，看见他湿漉漉地走来，赶紧让他去换衣服擦头发。

因为下雨，今日的葬礼早早结束，爸提前回来，正坐在屋里看电视，他拿个帕子擦着唢呐，把唢呐的铜碗子擦得锃亮，一看到齐光，头立刻别开，从鼻子里发出一声长长的鄙夷的“哧”，灯光昏黄，显得屋子拥挤极了，手脚都难以伸开。齐光闷头走进房间，换好干衣服，坐在饭桌旁等饭，还是没防住打了两个喷嚏。

妈在走廊炒菜，谈起早上南门河的女尸，说是上游那个城市的一个女大学生，因为和人谈恋爱崩了，一口气没咽下跳了河，家属来看过，已经将尸体领走了。

爸说，这一代人和我们想的不一样，动不动寻死觅活。

妈又说，南门那边有个房子不错，一个朋友介绍的，两层楼有院子，才八万，离齐光的学校也近，你明天要是有时间我们去看看，这破房子又小又旧我早就住腻了。

爸说，好，也攒了点钱，该搬了，厂里死气沉沉，住在这里像看坟。

妈把最后一个菜端上桌，紫苏杂鱼汤。爸一筷子进去，戳破了面上那层黄色的薄而脆的油脂，深入到碗底，将鱼汤搅动。齐光一直盯着汤里的鱼，灯光依稀，死鱼眼珠囫囵转了一圈，从眼眶剥落出来，掉进了白汤里。他一边哭，一边不可遏止地吐了起来。

2017.4.17

再见了，蝴蝶

海芝穿着一身红裙，被空气挤压成一支细长的箭，晦暗中掷向地面，在亿分之一刹那，她整个人仿佛消失，下跌的只是她的裙子。她一直在我前面十米的地方，不远不近，头朝下，很快会抵达终点，而我随后即至。只有在这个时刻，我发现黑暗看来宽阔无边，其实只是一道扁而深的小门，穿过它的时候鼓荡的风从地表上翻，扛着人，接着人，把坠落的几秒钟拉成一个长长的隧道，物理定律失去了作用，时间如此扭曲而漫长，长得我无法看见隧道那头的亮光。余量太大，可供挥霍，足够我在一些细枝末节里停驻，张望良久。

人皮风筝，我想起来。

幼年，我和海芝在帆布厂的旧仓库里玩耍，那里排列着许多陈列布样的柜子，柜子上很多小抽屉，大部分是空的，有些藏着一些怪东西，比如刚出生的老鼠、大把的玻璃彩珠、过期的水果硬糖。有一次，我们从一个柜子里拖出一卷薄薄的皮革，皮革因潮湿生满了蓝色枯毛，看起来又有些莹莹的光彩，一拂一吹，显露出深棕色的底色来。

我们把它在地上铺开，沿着皮革的边沿寻找出它脖子和四肢的轮廓，它像是某种小型牲畜——羊或者小牛的皮，却有着过分细长的手脚，上面写满我们不认识的文字。海芝的爸爸在一旁瞥见，走过来，说："啊，那是我早些年在西南买的人皮。"我们听他这样说，吓得立刻跳起来，弹簧似的躲开。他走过来，轻手轻脚地把那张人皮撑开，放在大桌子上，用铜镇子压着四个角，于是它那人的模样更显出来，疼痛地曲卷着，如同一个干瘪的婴儿。

"我去西南跑运输的时候，在古城的市集上买到它，小摊上垒着成堆的珊瑚、蜜蜡和松石，我走过去，只看不买，直到摊主打开一个经筒，缓慢地从里面扯出一张人形皮子，对我说，这是百年前的人皮经，我看呆了，不知道为什么有点着迷，花了一百块钱买下，带回来，随手放在这，不小心就给忘了。"

我一直想拿它做个风筝——海芝的爸爸说。

后来我和海芝在菜市场看见有人卖青蛙，小刀子向肚子划过，带走内脏，手掌蓄力，用力一挤，青蛙的身体就和皮肤失去了联系，再一甩，猛地将那一层皮掷到地上，发出吧嗒一声，手上只留一只光白无皮的青蛙肉，指骨分明，不停地弹跳，还活着似的。满地都是血和皮，咸辛味漫蒸上来，我的脊背凉飕飕的，海芝也看愣了，不约而同地想起那层人皮，各自起了一身鸡皮疙瘩，只好掩着鼻子跑走。我们想，失去皮肤一定很疼吧。

海芝的爸爸果然用那层人皮做了个风筝，他用细铁丝撑出一个架子，竹枝做骨，接上巨大的风筝线轮，又用红色颜料在中心部位画上一只大眼睛，于是那张人皮重活过来，瞪着一只失真的眼。他把风筝挂在布样间里，我和海芝便再也不去那里玩耍，因为那只眼无时无刻不盯视着我们，我们都看见了那只眼睛眨巴，红色的瞳孔迸着光，在眼眶里打转。我们跟大人们说起此事，他们只是笑，以为那些都不过是孩童的异想天开，画上去的眼睛怎么会眨。风筝很重，足有四五斤，需要大风天才能飞上天，海芝爸爸一直在等，说要带我们去放人皮风筝，但六月无风无雨，七月一潭死水，八月份才起了一点微风，那张风筝静静挂了三个月。我和海芝都快忘了这回事，九月第一天，知了突然停止轰鸣，台风来了，雨还没来，风大得要把一切拔起来，海芝的爸爸冲进我家，把我们两个小的从沙发上抱起来，左手抱一个，右手抱一个，奔到布样间取下风筝。我和海芝跟着他，飞快地往坝子上跑，我们要在雨下来之前，把风筝放上天。

黑云压在头顶几米的地方，不停翻涌。

我和海芝举着风筝，海芝爸爸拿着线轮，站在离我们二十米远的地方。

他大声喊："放手！"声音被风吞咽，勉强才听清。

我们脱开手，风筝迎风而起，跌宕几下，栽落在地，我们跑上前捡起它来，又迎着风，尽力举高，放手，风筝又跌落，如此反复几次，它才上天。海芝的爸爸抱着线轮，一点点放线，我和海芝仰头，看着风筝斜飞，被一根游丝扯住，摇摇晃晃地飞升，那只红色的眼睛不停地眨，越来越小，几乎没入云中。一百米的风筝线很快放完，海芝的爸爸被劲风拽得小跑，风筝线绷得直直，快要撑不住了，海芝忽然大叫了一声："呀！"线应声而断，风筝失去了困缚，猛地往后一缩，被大风鼓着，飘飘摇摇地飞走，不多一会儿，掉进浑浊的江水中，翻腾几下，便消失了。

海芝爸在离我们不远的地方，抱着空的线轮，朝着黑云看了一会儿，往地上一蹲，两颊蒙着灰翳，然后从脚底板运一口气出来，长而重地吐出去，头埋进了膝盖围成的窝里，他那时候三十岁了，看起来仍像个二十出头的毛头小伙子，穿着一件黑色的老头衫，一头卷发被风吹乱，如蓬乱草，而草籽散落在风中。我们那时候小，只有七岁，刚刚知道惆怅是什么，表现在脸上，就是那种垮着嘴、双目放空、眉毛蹙起的表情，我们不敢靠近他，也不敢离开，举目一望，原来除了我们仨，四下无人。

他是个令人印象深刻的人，多年以后我还清楚地记得他微笑的模样，嘴角深陷进脸颊，形成“()”的形状，笑得很开。我总觉得海芝的爸爸不会惆怅，我见他从来笑盈盈，笑意从眼角眉梢里溢出来，他还掌握许多令人羡慕的特长，譬如会弹吉他唱歌、跳霹雳舞。有时候他正走着路，手脚突然僵硬，变成一只提线木偶似的，歪歪咧咧地走向我们，吓得我和海芝不敢动，他再伸出膀子，把我们两个小鬼拦腰抱住，夹在两肋，奔向小卖部，给我们买零食吃。他常在公共浴室里大声唱歌，一开嗓子，声浪在小浴室的白瓷砖墙壁上滚动，瘦瘪瘪的胸腔里像藏了一台大喇叭，一唱起歌来，大喇叭便开启了，将那长音打着颤钉入人的耳朵，唱的是粤语歌，咿咿呀呀，没人听得懂，都说是鸟语，却怪好听的，比电视里的人唱得还好听，不去当歌星可惜了。他那股子朝气和他一直擦得干净锃亮的皮鞋一样，常显出一点格格不入。

而其他人都那么暗淡陈旧，几乎和帆布厂的灰色水泥墙面融为一体，甚而长出青苔和霉斑来。比如我爸，车间副主任，比海芝爸只大两岁，却是另外一番样子，厂里停工之后，有段时间日子不太好过，他白天看电视，抽着烟，挨呀挨到吃晚饭，一吃过饭，自带手电筒踱去公园里下象棋，下到九点多再回来，闷声不吭地洗脸刷牙睡觉，有时候也和我妈吵一架，算作调剂。我妈说他夜夜出门，是在外面养了野老婆，我爸两兜一翻，露出兜布，里面一个子儿也没有，他说：你倒是说说我拿什么养野老婆。我妈说，我怎么知道，万一你有了路子呢。我爸说，没有万一，没有路子。争吵总要闹到打架，我爸一把揪着我妈的头发，向上一提，我妈哭号着挥着无力的拳头，往我爸胸口捶，捶也不会捶痛，正如我爸也不会真扯烂她的头皮，架打得斯文，但哭起来却是震天动地，众人劝解，两人分开，我妈抹泪，我爸无言。第二天又像两个没事人，该干吗干吗，我爸仍去下象棋，我妈去工人文化宫学画画，这样的争吵每隔一个月来一次，内容、形式一成不变，像是房间里的煤气攒够了，总要炸一回。

他们吵架时，我总是躲在海芝家。海芝爸安慰我，说，等厂子好了就不吵了。

当然，厂子是不会好的，一年之后，这家全国第二大的帆布厂就倒闭了。其实很长一段时间，长至好几年，帆布厂的气氛都是黯淡的，它不是一下子死掉，而像一艘触礁轮船，缓慢地沉没，绝望如慢性瘟疫，吊着所有人，又不泄掉最后一口气。尤其是在夏天，连着两三个星期不下雨的日子，太阳升起又坠落，水泥地被晒得发白，杂草浓绿，这里便如无法复原的焦土，一个人也没有。

我爸对我妈说好几个人偷厂里的帆布出去卖，他知道是谁，但往上告没人管事，他也就不理会，一开始他瞧不上这些贼，后来偷布贼们赚着钱后，他也加入他们，夜间他们开着三轮车，打开库房，几个人抬出一卷卷布，防水油布特别沉，老远都能听见他们用力时哼哧哼哧的吆喝声。厂子真倒了，我爸倒搓着手暗自高兴，显出如释重负，他和另外几个人一起低价将厂里剩余的防水油布包圆，找到了好卖家，转手就赚。这事情大家都想干，但是掏得出钱的就那几个人，我们家就是这么发家的。我读初中时，我家已经很有钱，有钱到我爸真的在外面养了一个野老婆，那时候我爸妈却不再打架，他们变成了真正的仇敌，互不理睬。

帆布厂倒闭后，发过一场火，起火地点布样间。当时我和海芝正坐在她家的电视机前看动画片，我捏着海芝的手，她的手如新弹的棉絮，柔软清香，电视里上扬的音乐声响起，有人喊着“起火了”，金黄的火光漫映进来，我和海芝跑到阳台上去，见几十米远的地方，火舌卷上了天，在空中翻腾，扭曲几下，又黯淡下去，黑烟四漫。夜色像黑色的丝绸，被烧破了一个洞。

我们尖叫着，过年般开心，奔下楼去，跟着大人们跑去仓库前的空地上，男人们正忙里忙外地救火，火光灼烧面孔，又热又辣，我们紧紧牵着手，捂着鼻子，看着大人们一桶接一桶地向窗户里倒水，火光被打压下去，晦暗了一些，忽然又攒足力气，重新卷起，蹿出窗户，扑向人群，木头烧裂，噼里啪啦作响，眼见着要烧到旁边的车间去。

这时，有个人忽然顿住，放下手里的水桶，被什么吸引住，一步一步，慢慢朝着布样间大门走去，走入那片翻卷的金黄中，他的鬈发炸开，融入火光，接着他的衣服也着起来，整个人没入火中，像是被一只巨大的兽一点点吞掉。所有人都看愣了，没回过神，等要去救，已经瞧不见人影——是海芝爸爸呀。

海芝冷不丁甩开我的手，冲着那火疯狂地哭喊："爸爸，爸爸！"我死死抓住她的胳膊，她才没有跟着冲进火中。

也不知过了多久，消防队才来，拿出白色水管，水管喷出巨大水柱，几下子火光就虚弱晦暗下去，直至熄灭，空气潮潮的，泛着新鲜苔藓的味道，金黄消退，一切复归黑暗，或者更黑，黑夜被烧破的那个角又长了回去。我妈走过来，把我和海芝分开，她一根根掰开我粘在海芝胳膊上的手指，我太用力了，几乎要攥进海芝的肉里。我妈抱着哭得晕晕乎乎的海芝，不停地抚摸她的背，直到她慢慢平复。夜里海芝和我挤在我的那张小床上，奇怪的是她一下子就睡着了，夜梦中她的呼吸像只猫，又平又浅，我却在反反复复中清醒，一直听着门外的动静，大人们聚在我家客厅，瓮声瓮气地说话，一句也听不清。他们很晚才散去，我妈轻手轻脚地打开我房间的门，查看我们两个小的，我假装睡去，眯着眼瞧她，她摸着海芝的小脸，也来摸我的，说："这叫什么事。谁能想得到？可怜的海芝啊……"

我忽然想起那个人皮风筝，它眨着大眼睛那么悠悠地飞走了，如果它没有飞走，是不是海芝的爸爸就不会走到火里去，是不是他就不会死，那次是我唯一一次见他露出惆怅的神色，整件事情必须要从那张人皮风筝说起。这个怪念头一直在我的脑子里挥之不去，虽然我知道两件事没有真实的联系。

第二天我醒过来，海芝已经不在，我一骨碌爬起来跑到她家，妇女们把屋子团团围住，里三层外三层，又往里面填充了无数叹息，挤得根本无处下脚。海芝的妈妈陷落在沙发里，仰面看天，双目失神，海芝匍在她的膝盖上。我在门口喊：海芝，海芝。她听见，扭过头来，跳下沙发，越过十几双脚，走到门口。我从口袋里翻出十几颗喔喔奶糖，放到她的手里，这是她的最爱，她因此满口烂牙。她接过糖，放进口袋，哑着嗓子说："走，我们去看看我爸。"

海芝爸爸被安放在厂里的室内篮球馆里，我们走在那边，需要穿过一片旧操场，脚步一深一浅，我一直拉着她的手，感觉到她手指间微微的颤抖。篮球场的玻璃窗很高，我们踮起脚往里看，几个男人蹲着抽烟，面无表情地交谈，他们身后是一个白布围裹起来的帷子，白布上面有血迹也有黑色的炭焦，我们知道，帷子里躺着海芝的爸爸。知了的呼声造出奇怪而冰凉的宁静，炽烈的阳光使室内的一切都蒙上蓝灰的影子。

我拉海芝进去，她又不肯，低着头说："不想去看，害怕。"我们在外面晒了一会儿，吃了两颗糖，走进篮球场，塑料拖鞋在地面敲出踢踏声，那几个大人看向我们，站起来把我们往外轰，说："你们怎么跑这来了？快出去。"

我没听他们的，走上前，站在帷子前，踮起脚尖往里看，只看见黑乎乎的一团，心里的畏惧冲淡了些，又鼓起来勇气，把眼睛睁大，看得更真切，那东西黑焦焦还有个人形，嘴巴鼻子眼睛都在，皮肤却烧得黑黄，露出红色的底肉来，但模样已经扭曲，我没有办法把面前的死人和海芝的爸爸联系在一起，他从来不是这样子，昨天早晨，我还听见他在阳台上唱歌，今天怎么就黑糊糊地躺在这里。海芝一直捂着眼，半天才从指缝里瞄了一眼，也不知道看没看清，哇地大叫一声，跑了出去，我跟着出来，我们在厂子里瞎逛。泡桐树香气浓烈，招揽我们不自觉走到那里，昨夜的火将树上的花烤落一半，地上全是萎凋的白色喇叭，我们踩在上面，一朵一朵地把花踩扁，期冀其中的一朵能发出声响。

泡桐树旁边就是着火的布样间，火舌舔舐过的地方留下焦痕，舔得很用力，勒进了墙体，地上全是碎玻璃碴，阳光一照，亮晶晶光粲粲，然而室内只剩一片冷冷清清的灰烬，乍一眼看去，像个洞穴，空气中还残留着昨夜浓烈刺鼻的气味。

“你说，我爸爸死的时候会痛吗？”海芝说，她的声音细细柔柔。

“不知道，一下子的事情，应该不会痛吧。”我说。

“他为什么要走到里面去？是我和妈妈不好吗？”她又问，我什么也答不上来。

“我爸说，你爸一定是着魔了，不小心掉进火里，他那么乐哈哈的人，犯不着。”我说。

“他自己走进去的。我看见了，他本来是要救火的，最后自己跑到火里面去。他为什么要这么做呢？”她长叹一口气，眼睛中的光彩熄灭。我拉住她的手，她挣开，像鱼一样从我的手心里溜出去，我又伸手去拉，太滑，抓不住。

不久之后，我家搬离红星帆布厂，海芝的妈妈一年后改嫁税务局的一个官员，也搬走了，海芝有了新爸，很快就没有人再提那场大火，以及那个无缘无故走进火中的男人。我明白过来，他人的死亡是生命进程中微不足道的部分，是水边涌来的会消逝的浪，但那场火是一粒种子，种进海芝和我心里。种子发芽、长大，有时候能开出好花来，有时候开出歹花。

我们还在一个学校上学，每天凑在一块，直到放学，回到家后，我们还要打电话，怕留出太长时间没有对方的空当，八点半我准时拨过去，海芝接电话，但总是没话讲，两人怏怏地挂掉电话，我们小心翼翼地避开帆布厂的所有事，但除此之外又没有什么好讲，学校乱糟糟的，家里也是一堆破事。海芝有了个弟弟，她妈和新爸的孩子，小婴儿需要看护，她彻底变成了一个寄居者，除了我，没人理会她。一切没意思透了。我们都长得飞快，手脚抽成细麦，身体飞速地滑向成年，日子一天天变短，战战兢兢地想在过去的影子里停留得久一点，惶恐地度过一日又一日。海芝的身高超过了我，原本黝黑的皮肤一层层蜕掉，变得晶莹雪白，甚至有些透明，有时候她站在阳光下，我远远能看见她的肌、骨、血，恍个神，又恢复了正常。那白得过头的皮肤成为她的标志，在任何地方都能发出光来，男孩子因此为她着迷，可我们不和其他人来往，两个人连体人似的密不透风，父母和老师因此觉得我和她在谈恋爱，我们也没有反驳，不知道那算不算恋爱，因为太过于熟悉对方，离不开对方，如果可以，我们想把自己嵌进对方的身体里，这样子也许就不会这么慌张。大人们千方百计地要规训我们，我们便承认，反而大张旗鼓地在学校里手牵手、接吻，谁都拿我们没办法，学校想开除我们，但不知为何一直没有开除，也许是因为我们太沉闷了，除了早恋和学习差，从来不忤逆人。是，那时候我们执拗地想，真无聊啊，没意思透了。

幸而后来海芝找到了打发时间的方式——爬到城中高楼的顶层吹风，在视野范围内寻找城市的疆界。这源自于我们共同的梦境，在快速长身体的时候人都会做的飞行的梦，我们那时候频繁地梦到自己张开双臂，飞在城市半空，顶破空气无形的墙壁，在高处看人群如黑蚁，房屋如方盒，梦境的结局总是突然失去飞行的神力，无可逃脱地从高空坠落，在即将粉身碎骨的刹那惊醒。海芝由此迷上了高处。

从学校大门左转，步行四百米，可抵达城中最高的大楼“联合大厦”，十七层，带电梯，海芝每次都要求走楼梯，楼梯的灯年久失修，没一盏亮的，幽暗冰凉，只有一点微弱的光从最高处掉落下来，一层层走上去，仿佛永无止境。尽头是一扇铁门，虚掩着，门外光亮从缝隙里挤进来，仿佛外面是另一个世界，海芝打开门时总是很决然，我则跟在后面。

联合大厦顶层看晚霞绝佳，楼边垂腿而坐，脚下就是几十米的高空，但切不可向下望，如果这么干了，不多一会儿，景物会开始旋转，越转越快，转出巨大的吸力，转得人两腿发软，胃中绞痛，或有一个声音在耳边悄声细语，“跳下去，跳下去”，身体仿佛渴望着与水泥地面的强烈撞击，一不小心真的会一头栽下去。经过多次验证，我严重恐高，我问海芝怕不怕掉下去，她说：“怕呀，好怕。”又问:“你说，要是一只鸟儿患了恐高症，可怎么办？”这是哪门子的奇思妙想。

“那就不飞了，在地上生活。”

“地上好多东西等着吃它，活不久的。”

我答不上来，只好说:“实在不行，就闭着眼睛呗，那能怎么办？”

海芝咯咯笑起来，眼珠子黑亮亮的。

我们花了三个月的时间登顶小城十层以上的所有楼房，顶层往往建得马马虎虎，再光鲜的大楼也是如此，加上来的人少、疏于管理，那里也藏污纳垢，在那里我们见过一地发臭的死鸽子、打架的群猫、一条人的胳膊、一排壮丽排列的风干腊猪头，还打搅过一对媾和的男女，他们光着身体对我们大呼小叫。每次拉开顶层的门，常有些不安，不知道门后是什么，大部分时候，门后什么也没有，寂静无人，只有排风口的风扇发出轻微的呼哧声，呼应着我们的脚步。当爬完所有的高楼之后，我们只好不断重温其中几幢特别偏爱的楼，看重复的风景，经历重复的心情，整件事情又变得无聊起来，直到要建电力大厦的消息传来，我们才觉得有了奔头，据说这幢新造的大楼三十二层，高八十余米，会取代联合大厦成为本城最高。

好巧不巧，电力大厦覆盖在帆布厂的旧址上。帆布厂被炸那天，我约海芝一起去看，我们翻过学校的围墙，爬到联合大厦顶层，向南而坐，帆布厂的灰色厂房不显眼，隐藏在居民楼中，需要细心分辨。下午三点，爆炸声准时响起，帆布厂方向传来一连串巨响，厂子像是被一只无形大手压扁，灰尘扬上天，厂房、仓库、职工楼、篮球场顷刻之间倾塌，不复存在，把我们在那里度过的时间也一起消弭，旧梦不能重温，我的心陡然空了一块。海芝突然捂着眼睛，别过头去，如同当年在帆布厂的篮球场面对她爸的尸体时一样，胆怯，瑟瑟发抖。我们一直等到尘埃落定，天边染上霞影才下楼。回去时，海芝又问我，要不要再去现场看看。我说好。公交车倒了两趟才到旧帆布厂，吊诡的是帆布厂已经倒闭数年，公交站牌却还未变，到站后，售票员大喊“红星帆布厂到了，请到站乘客赶紧下车”，使人恍惚，以为帆布厂还在，探出头还能看到贴满蓝色瓷砖的厂门，但从公交车的车窗向外看去，蓝色的厂门早断成好几截，哪里有什么帆布厂，只一片平缓如丘的废墟，挖掘机和起重机碾过碎砖破瓦，驶进来，像块橡皮擦，细致地擦掉草木、楼屋、机器。

爆炸虽然已经过去几个小时，空气中仍蒙着粉尘，厂里道路依稀尚在，树木都被折断，我们从中走过，辨认出幼年时居住的厂职楼，在水泥碎块上站了一会，钢筋乱枝般伸出，天暗了，黑都钻进到缝隙里去。原来这座楼有七层，现在塌缩成了两三米的碎水泥堆，如被杀死的巨人倒在路边。海芝忽然走上前去，蹲下身，从灰尘里扒拉出一个东西，握住，走到我面前，松开手掌，手心里面躺着一颗彩色玻璃弹珠，她说：“送给你。”我接过来，放进兜里，其实那时候我不玩弹珠已经好多年。

从那时候起，我们满心期待，想看看，取代帆布厂的到底是个什么东西。

楼涨起来飞快，从它落地基开始，数着一层一层往上加，加到三十二层，终于停止生长。四四方方一幢楼，黄色外墙、深蓝色玻璃，立在城西，像一枚鲜艳的大钉子从天而落，重重地砸入地面，被灰扑扑的低矮楼房围裹着，如草簇拥着花。无论从哪个方向看去，都能一眼看见它，是与旧城格格不入的年轻、美丽。

那一天，施工现场拉出鲜艳红色条幅“庆贺电力大厦落成”，大楼即将投入使用，恍恍然一年半过去，我们看着它从无到有，在一片平坦中长出来，开花，结成果子。

我看到那条横幅，对海芝说了这件事情——楼已经建好了，我们可以去爬了。海芝说，那幢楼在昨夜飞进她的睡梦，她梦见自己沿着黑黢回旋的楼梯爬向顶层，腿已经重得抬不起来，却怎么也爬不到头。

“它有多高？”海芝说。

“不知道啊，至少八十米吧。”

“站上去是什么感觉？”

“还没有站过那么高的楼，风会很大，一定的。”

“我们俩这么瘦，会被吹飞啦，掉下来就不好了。”海芝笑，嘴唇轻轻抿起来，阳光照在她的面孔上，面颊上的绒毛返照出金色的淡光，薄薄的皮肤下匍匐着青红的细小血管，脆弱得很。

我们决定当天晚上就登上电力大厦，因为我们还没有在高处看过小城的夜景。

傍晚，我带两个手电筒，在铁路口等海芝，远远看见她穿着一条红色连衣裙歪歪扭扭地走过来，裙子不合身，应该是她妈妈的旧衣服，她的凉鞋也是红色，还抹了大红色唇膏，于是那天的她像一只火红色的蝴蝶，竟有一种盛装的感觉。我们走在铁路的枕木上，一步一格，迈着均匀的步子，朝着电力大厦的方向去，她在前，我在后，她嫩藕似的雪白的胳膊小幅度地摇摆，裙边不断翻起又落下，露出同样雪白的腿，雪白又马上折进红衣里，我又生出她是透明的错觉，生怕她会化成一摊水流走。白天的暑气蒸腾出来，背上又是一阵汗，空气静止，晚霞赤红，一丝风也没有，只剩下纯粹的热和焦。

“真热啊，又出了一身汗。”海芝小声说，一脚把一块小石头踢远，顺着那块石头看去，远处一片稻田，颜色由青转黄，将熟未熟。

大概两个小时前，我还没有一边坠落一边细细分解短暂的过往，我正和海芝缓慢地爬楼，爬到第十层的时候，她已经累得不行了，电梯还未启动，又不能半途而废，只好坐在楼梯上喘气，我拿着手电筒照她，她遮眼睛，生气地说，拿开啊，晃眼睛。我坐在她旁边，口干舌燥，周围是无尽绵延的黑。我们为什么要在这里呢？这个问题我曾经问过海芝，当时我们骑着自行车艰难地爬上鸡鸣山的山顶，两条腿发抖不止，汗流浃背，可是风景却不值得一看——暮野四合，小小的河、一大片流淌铺平的平原。冬天，山顶寒风呼呼地吹，几下子就把人冻透。我从包里拿出一包烟，递给她一根，在大风中点上，海芝抽了一口，咳嗽几下，说，恶心，怎么有人要抽这个东西。她把点着的香烟扔到草甸里去，我担心会着火，坐在那里守着，最终没有发现着火的迹象。我们在石头上坐着，等腿不再发抖后就下山，自行车一路遛下来，到了山脚，脸和手都冻成冰坨坨了。

那时候我问她：海芝，我们为什么会在这里呢？

海芝说：不知道啊，总要找点事情做。她垮下嘴来，双眉微蹙，长叹一口气，面孔上出现了她爸爸曾经有过的惆怅，海芝和她爸爸原来长得这么像。

三十二层说高不高，爬到后来，却连说话的力气也没有，海芝英勇地打开门，走了出去，风景依然没有什么看头，使人不自觉便开始怀疑这次行动的意义。顶楼的建筑垃圾还没有清理干净，建筑多余的水泥被搬运到这里，叠起来，几场雨下来，都结得硬邦邦的，黑暗中看起来像很多人匍匐在地，风果然大得惊人，把沙子吹得到处都是，海芝的裙子被吹得飞动，脸色惨白，越发像蝴蝶。

海芝朝着楼边走去，一翻身，坐到栏杆上，我们经常这么干，所以我并不意外，只是倚在她的身边，拉着她的手，有一搭没一搭地说话，她的手永远这么绵软轻盈，如云朵一般。

“好高啊。”她朝下看了一眼，“你说掉下去，多久会到达地面？”

“得要个一两秒吧。”我说。

她朝我眨眨眼，说：“试试。”然后将手从我的手心里抽出来，往下一翻，像一枝红色的羽翎，向着地面飞去。我反过身立刻去捞她，跳到栏杆上，想拉着她的手，可她已经堕入暗中，越往下，黑越浓，尽头无尽，我也终于掉落，却始终够不到她。我突然明白当年那场火，海芝的爸爸为什么要走入火中，可是要说明白又很难，反正我是明白了。那时候海芝几乎要跟随她爸冲入火中，我死死拽住了她，今天没有人抓住我，海芝丢失了，在我眼前，我也丢失了，谁看见了。我想好多，最后一秒那么长、那么长，如果我能追上海芝，我仍然要问她：我们为什么要在这里呢？

我又想，整件事情必须要从那张人皮风筝说起。这个怪念头一直在我的脑子里挥之不去，虽然我知道所有的事没有真实的联系。

雨果

他是今年夏天淹死的第六个孩子。

其他五个孩子都温驯地随流水向东，往生去了，只有他，天生憨傻，加之力气大，心里记挂着父母，强挣着从河里爬起来，抖干净身上千钧重的河水。

他的尸首已经被捞起，鼻口里都是黑淤泥，身体泡得发白，已有了臭味。这条河上早几年总是停着挖沙船，一年到头，从不停止，河床被挖得千疮百孔，有些地方太深了，河水涨起来，面上看着平静，深处却有暗流，他没留神，轻易被卷走了。母亲用一条白床单裹着他的肉身，那东西已没一点生息，他站在母亲身后，疑惑地看着床单里的死孩子，泄了一口气的人，肌肉松弛，面目扭曲得不像自己，并不觉得多么悲伤。母亲已经流尽眼泪，只是怨愤地盯着滚滚的河流，她连骂的力气也没有。

父亲和几个叔伯坐在一起抽烟，一言不发。残阳斜照，从山脊间透过来，每个人的脸都红彤彤的。

夜里，大伯从镇上拖回来一口小棺材，他说现在的棺材店都是做个样子，用薄杉板钉一钉就了事，因为最后还是要拉去火葬，躺棺材就是做个样子。

“下次搞个冰棺。”他说。

父亲瞪他一眼，说：“什么下次？”

大伯说错了话，讪讪的，从包里拿出一双新球鞋，递给母亲，说：“给孩子穿上。”

他坐在房梁上，俯瞰着母亲拿出一条新毛巾，缓慢地给他的肉身擦洗，换上新衣新裤新鞋，挥手赶去一只停在他鼻子上的苍蝇。

父亲坐在角落的长条凳上，光线昏暗，看不清神色，母亲拿了一张凳子，放在棺材旁边，坐着守他，时不时看看他，多看一眼是一眼，明天早上叔伯们就要过来封棺，再也见不着了，这一世的母子情分走到尽头。天气热，他的身体在后半夜就已经开始发出臭味，淡淡的，刺着人。等待漫长，他在房梁上坐得不耐烦，有些寂寞，将手伸进装花生的袋子里，抓了几颗，向下抛掷，打发时间。花生落在棺材里，打在母亲的头上。她回过神来，怔怔地看向房梁，非要从一团黑暗中看出一个身影，哽咽着说：“雨果，是你吗？你来了吗？你来了叫妈妈看一眼？”他唬了一跳，以为她真看见自己，不敢再玩花生了。

“是老鼠吧。”父亲说。

“是老鼠啊……”母亲又垂了头，“我想也没想着，以为他要拖累我们一辈子，没想到就这么走了，我情愿被他拖累一辈子。”

父亲听了这话，嘎嘎干笑了一声：“再生一个，生个脑子没病的，干干净净的孩子。我们也好过。”

母亲不语，又到厨房去，洗了毛巾出来，给他擦手擦脸，仿佛他还活着，只是睡着。

他听了父亲的话，也知道自己是个拖累。活着的时候，人都叫他“傻子”，他听了，不知这个词什么意思，总归知道，不是好词，自己的心口上总蒙着一层油脂，想不明白，十三四岁了，智力还是个三四岁的孩子，一死，那层油脂总算化开了，倒成了明白人。村庄里，像父母这样的壮年人不剩几个，人们都明白过来，田地里长不出花儿来，纷纷走出去，去北京、上海、浙江，剩下的都是老人和孩子，壮年人不在，老人管不动，这些年，河里年年淹五六个孩子。壮年人和青年人只在过年时节回家，有了钱，再在田垄中立起一座座四面漏风的红砖楼房，像是地里生出的恶瘤，剜不掉，还片片地生。父母也出去过，四五年前，搭汽车去浙江南部某城，把他留给爷爷奶奶，可没过两个月，母亲一个人回来，见到他还哭了一晚，又没过几个月，父亲也回来。他说：“傻子招人疼。”他们再没有出去过，父亲种蔬菜，母亲和他帮衬，冬天时候，打垄收地，用小车运到城里，一年也落几万块钱，日子不好不坏，渐渐也磨灭了出去看看的愿望。

他是傻的，可不像别的傻子，一味疯疯癫癫，他听话，也生得强壮，能帮衬家里，父亲教他种地，认识果蔬、时令、肥药，有力气，会种田，以后不差口饭吃。

回回上田，总有孩子跟在他的后面，喊他“傻子”，喊父亲“傻子他爹”。骂他没事，骂到父亲头上，他不乐意，追着那群孩子满村跑，越跑越开心，也忘了为什么要追着人家，总要跑到吃晚饭的时候再回家。

老人都说：“这么乖又漂亮的孩子，可惜了。”他母亲听了，倒不觉得凄惨，反而欣慰——总还是个漂亮孩子。

等到他死了，又有人说，这样的孩子早死早超升，再大可怎么办呢，结婚生子是不可能了，父母亲能疼一辈子，可父母亲去世了，他可怎么办？还是早死的好，免得拖累亲人。村里别的孩子淹了，老人们相聚叹息，他死了，却叫好。只有那些天天陪他疯跑的孩子们还问："傻子呢？傻子哪里去了？"他们不知道死为何物。

早上叔伯们来钉棺材，母亲不忍心看，到厨房去做早饭。

大伯从口袋里拿出长钉来，盖上棺材板子，用锤子敲起来，只敲了一下，母亲突然从后厨冲出来，拉住大伯的袖子，说："让我再看看他。"又向棺材中看了一眼，伸手摸了摸他的脸，亮津津的，没点活气，忍不住哭出来，她说，"他大伯，你下钉子时轻一点，别吵醒了雨果。"他还坐在房梁上，俯瞰着一切，因为他在那里，燕子不敢回窝，一圈圈地在厅堂里荡，叽叽地叫。大伯看着那燕子，忽然得了通灵，对着棺材里的死孩子喊："雨果，你早走吧，下辈子再做你父母的孩儿。"

母亲听了，又哭，抱着棺材不松手，父亲去拽她，她的手指紧紧贴在上面，一根根快要掰折了，才将她拖到一边。他抱着她，对众人说："你们快钉。"东南西北，下了六颗大钉，将他的肉身永远地锢入黑暗，回绝了他归来的路程，他也忍不住眼泪潸潸，坐在房梁上掉泪。

乡间规矩是，大人停灵七日，小孩停灵三日，寿终正寝的老人的丧礼需大肆操办，夭折的孩子不能办丧礼，夜里悄悄扛去埋了，墓碑也不能立。父亲在自家田垄上为他挖了个墓穴，村干部跑来说，现在不能土葬，得拉去火葬。

父亲说："雨果一定要埋，不能让他死后随烟化了。我种地的时候，看着他的坟包，能觉得他一直陪我。"

村干部说："你这样不好，以后城里来人查，孩子还是要被挖出来的。你总不想看他埋了又被挖吧？"

父亲脸都黑了，说："我不管。他们挖，我跟他们拼命。"

墓穴旁新建着一座房子，只有个老人住在那里，父亲刚刚挖好的墓穴，夜里被那老人给填平了。老人不让埋，嫌死孩子晦气，挡着自家的风水，还放了话——不准埋，埋了就去镇上告，找人来拉棺材去火葬。父亲在田垄上转了一圈，晚饭吃得比平日早，喝了几杯酒，拿了锹铲，出门去了。雨果就跟在他身后，跟着他穿过熟悉的村中小道，来到田垄间。是大豆收获的季节，空气干枯，东南风大，臭杨的叶子密集巨大，呼啦啦地响动。父亲又把墓穴挖开了，他壮实，一小时就把墓穴恢复成了昨日的样子，方方正正，两米深。挖完后，他没走，睡在一旁的稻草垛里。入了夜，那个老人又摸过来，拿了锹铲，一铲铲把土填回去，父亲跳出来，拖着那老头的衣领，把他摁在花生地里，结结实实地揍了一顿，打得那老头再不敢填坟。

棺材放满了三日，夜中，叔伯们用两条扁担挑着这小棺材，母亲穿一身白衣，跟在棺材后面，她已经停止哭泣。

"雨果，我总觉得你还在，你弄点响动，给妈妈看看。"她嘟嘟囔囔地说。

他想，好呀，妈妈。他跑到棺材上，跳了三跳。

叔伯们都喊起来："奇了怪，刚才那么飘轻的棺材，忽重忽轻，倒像是有人在上面跳舞。”母亲听见，又哭得肩膀耸动。

父亲说：“不管了，赶紧埋。”几个大汉赶紧卸了棺材，几十铲土就没了棺材，又几十铲，有了个小土包。埋完后，所有人都站在小土包的旁边，雨果也在其中，大伙儿端详着它，那土包的形状，就像是土地张开了口，一口吞下了个人，还来不及消化。

还是父亲，父亲说：“走吧，别待在这里。天热。”大伙收好扁担和绳索，走了。雨果杵了一会儿，也向回走，明月当头，一路铺上银霜，村庄的屋栋里透出星星点点的光，他知道，遗忘已经不可逆止。

家里少了个人，堂屋显得大，母亲每日烧火做饭，总是不小心做多；父亲不怎么上田，天天去打牌打发时间，雨果知道，他看了新坟伤心。晚饭喝点酒，父亲总要去田垄上走走，在坟前站一会。没人再清楚记得雨果的相貌，很少再有人提起他，很快，除了父母，没人再记得他，死亡像一场雾，一下子散掉了。

快秋收时，刮了一场台风，记忆中好几年没那么大的风，傍晚，西北角阴沉沉一片，云重得要掉下来。父亲面露愁色，没有去打牌，早早回家。雨果正坐在灶台前的椅子上，陪母亲，父亲走进来，说：“早点做饭。”两个人闷闷地吃过饭，爬到床上睡觉。半夜里，父亲忽然从床上弹起来，说：“不行，这么大的雨，要浇塌了坟。我得去看看。”

母亲也穿衣服，从床底下拿出铁锹，说：“我也去。”雨水太急，在地上浇出一条条小河，两个人打着手电筒，深深浅浅地走到田垄。之前拢坟时，土本来就松，被水一冲，果然缺了一角，父亲冒着大雨把土码回去，夯实。回去时，他说要弄点水泥，把坟修一修。雨果在一旁说："不用，反正已经死了，不用那么麻烦。"可是没人听得见。

就这么熬到过年，村庄里出走的人陆陆续续回来，汽车来来往往地穿梭，在外的人衣锦还乡，像歇脚的候鸟，团团地挤在村庄里，一旦春暖就飞走。有人注意到那个新坟，问是谁。

"是雨果的，他今夏游泳的时候淹死了。"

"那个傻子么？"

"是啊。"

"他的父母这下子可解脱了。"

人多起来的好处是，打牌的人多了，父亲终于不用跟些慢吞吞的老乌龟们结对子，腊月和正月，他都在外打牌打到十点钟才回家。夜路黑，雨果陪着他走，虽默然无言，可有那么几刻，他觉得自己还活着。

刚过正月，镇上就来人挖坟了，有人上告，说父亲私占耕地建坟，七八个汉子几下子把雨果的棺材掘出来，用塑料布裹了尸体，拖在一辆小三轮车后面，拉去火化。父母亲恰去别村走亲戚，傍晚归家，有人大喊："傻子他爹，傻子的坟被刨了。"父亲号叫一声，向雨果的坟头方向冲过去，到了只见一座空坟，烂棺材板子碎了一地，尸体不知哪里去了，母亲随后赶到，她摔了一跤，不肯起来，将脸埋进土里哭。父亲蹲下来，拾了一块石头放进口袋里。太阳将落未落，照亮一片赤红的霞，让雨果想起自己淹死的那天——每个人脸上都红彤彤的。

三天后，父亲去镇上领回了雨果的骨灰，小小的一个木盒子里，一斤不到的骨灰，他小心捧着，像抱着个活孩子，雨果跟在他身后，一步步地走，宛如生前。田垄被水泥地封住了，变成了一条条雪白阔敞的道路，谁修的呢？没人记得。为什么要修呢？也没人记得，可田垄上再也长不出野稻和辣蓼来。走过自己的坟地，雨果看见，坟地已经被填平，那景象比之前他看见自己的肉身时，更接近死亡和无常。衰敝了，这个村庄。

父亲把他的骨灰撒在田地里，凛冽的风将粉末吹向远处，给黑色的土地抹上一层淡淡的白。一场雨之后，什么都不会剩下。

“哪里再有像你这么好的孩子啊！”父亲哽咽着喊。

半个月后，父母亲决定离开乡村，他们把田地托付给大伯，跟着二伯去浙江南部的城市打工，也加入到候鸟般的人群中去，因为雨果，他们比别人出发得晚了一些。

雨果没有跟着他们走，他回到河流的怀抱，回到死之地、生之所。河的底处还有一条河，流动的光洁的温暖的，他毫不犹豫地扎进去。

后记：

献给我早夭的堂弟雨果。

杏与莲

杏子怀孕了，快五个月，肚皮隆起，穿宽松的裙子也盖不住，手总是下意识去摸小腹，如此败露了。她才十六岁，丑事，只能从学校退学。孩子的爸是谁，她含含糊糊，说有可能是一起学画画的同学甲，也有可能是网吧网管乙，乱七八糟。

李晟带着她去找同学甲，甲正在画室里练素描，出来的时候满手抓一把瓜子，边走边嗑，面皮白白，个头还不及杏子高，还没有走近，就传来一股乳臭味。李晟说了杏子怀孕的事情，甲惊得一把瓜子全撒在地上，嘴唇都在哆嗦，说:“叔叔，你别开玩笑，我还要考大学呢，这事情跟我没关系。”他又转头向杏子，带着哭腔，“杏子，你别害我，怎么能多个孩子，太吓人了。”教室里面的学生们都探出头来，窗户狭窄，黑色的头颅垒叠，十几双活的眼珠看过来，都是来看笑话的，杏子掉头就走。父亲跟美术老师说了几句话，什么也没问出来，放同学甲回去上课了，他不信，杏子会喜欢上这么一个鼻涕泡似的男孩。

“还要去找乙吗？”

杏子点点头。

但愿乙能好点。

他们又去了杏子经常逃课上网的网吧，走进去，一个大平层，光线昏暗，几十个电脑屏幕闪烁，电脑前坐着的都是十几岁的孩子，香烟和臭脚丫子的味道像一块无形的铁板，裹挟着狭小空间，李晟很少走进过这种地方，他花了点时间适应光线和气味，孩子们不约而同地抬起头来看了一眼，确定不是自己的父母，仍旧安心玩游戏，口里喊着打打杀杀。乙坐在吧台，嘴巴上叼根没点着的烟，比杏子大不了多少，烫了一头黄发，鼻梁上一道疤，目光浑浊而粗野，杏子叫他，他说："什么事等会说，等我打完这把排位赛。"李晟绕进吧台，拉着他的衣领，往外拖，一直拖到门外，乙杀猪似的大叫，被李晟一脚踹到地上，又使劲踢了几脚。他想打人，在学校的时候他就想打人，忍住了。

乙知道这是杏子的父亲，有身份，不敢作孽，爬起来，从兜里掏出烟盒来，给李晟发烟，说："叔叔，有话好好说。"

李晟说："杏子怀孕了，你看着办。"

乙弹开一丈远，立刻摇头，说："杏子和我们好几个人都玩过，怎么不找他们，偏偏找我。"

李晟气得又踹乙一脚，这次换他掉头就走。

归家已是傍晚，两个人整天没吃饭，李晟停车在路边的小饭店，点了三个菜，吃上热饭后，怒气消解，他给杏子夹菜，把水煮鱼里的鱼片都夹到她碗里。

"你多吃一点。"他说，"不要饿坏了。"

杏子知道他要说什么，忍着泪，飞快地往嘴里扒饭。

“爸……”

“早点，”他压低了声音，怕人听见，“把孩子流掉，明天我带你去医院。你再转学到另一所高中，那里没人认识你，可以安心读完高中。”

杏子愣了一会，说，好。她继续扒饭，却把脸埋进碗里。

a

李晟第一次去网吧里找杏子，是因为她连着好几个星期没去画室，偷偷溜去网吧打游戏。绘画班管得宽松，老师没注意，后来李晟觉得不对劲，打电话给老师，一对情况，大事不好，叛逆期来了。

连着几夜，他在学校附近的网吧找杏子，一家接一家，像猫等耗子一样细心，终于逮到。杏子戴着脏兮兮的耳机坐在角落，她看见了李晟，把耳机摘下来，脸涨得通红，直直地盯着他，眼睛里还返照着屏幕闪烁的光。李晟走过去，拍了拍她的肩膀，说：“走，我们回家。”

杏子跟着走出来，李晟边走边说，殷殷切切：“我把你接过来，是想给你创造一个好的学习条件，你要像你莲子姐姐一样考大学。你不要学坏了，要是现在就不好好读书，过两年你再回头看看，追悔莫及。”

杏子不言语，左手抓右手，局促向前走。

他又说：“莲子上高中的时候，读书比你认真，成绩也好，从来没有让我操过心。家里有个这么好的榜样，你跟她多学学。她的成绩从来没下过全校前五，体育也好，短跑拿过省高中运动会的第三名……她都大学毕业了，你的老师们还记得她。”

杏子瓮声瓮气地回应着。

他琐琐碎碎地说了许多莲子读高中时的事迹，语气和缓起来，说起大女儿莲子来，总是无法掩饰偏爱，却不知道这一句一句都戳在杏子的心口上，终于踩出了血。杏子迈开步子，走到前面，猛地回过头，跺着脚朝他吼：“爸，我比不了她，你只有莲子一个女儿，家里的户口本里从来没有我的名字。你也说过，我是不该出生的。”

李晟顿住，舔了舔嘴唇，说：“你怎么能说这种话，你和莲子，都是我的女儿。”

“我不知道我是哪家的女儿，这两年我越来越糊涂。我有两个爸爸，你和陈家爸爸，现在陈家爸爸不肯认我了，不让我叫他爸爸，也不让我回家，他说我是你的女儿，让我跟你们亲近，但你的心里只有莲子姐姐，我没她聪明，也没她漂亮，什么都不如她，我是多余的，是路边的野猫，想捡就捡，想丢就丢。你把我接回来，就为了让我受这份委屈么？”

“你说的这是什么话！”

“你干吗把我送走？”

“那是迫不得已，你还小，不懂我的难……”然而他终究没有多说什么，多说无益，在这个时候，辩驳是苍白的。

杏子没说错，她是多余的，她不该出生。要说坏，早在根上就坏掉了。

杏子出生没几个月，就被李晟送给别人家做女儿，那家人姓陈，做水泥生意，住在城南，家境小康，家里两个儿子，就想要个女儿。他把杏子抱去的时候，在襁褓外面又裹了一层粉色天鹅绒毯子，扒开毯子，露出一个更粉嫩的婴孩，睡得正酣，陈家人喜欢得紧，抱着就不撒手，直夸这孩子生得清秀干净。他坐在沙发上，看着那陈家人欢欣雀跃，心里却不甘心，想冲上去抢回孩子，夺门而逃——自己的孩子，却要姓陈，而自己又这么懦弱无能，竟然不能再养个孩子。

李晟和陈家人相约，以后这个孩子就是陈家的人，无论发生什么，两家人老死不相往来，怕以后让孩子陷在血缘与养育之恩的抉择里。但他还是送了她一个名字，央求陈家人不要改——她是春天出生的，杏花开得盛，名字就叫“杏子”，谐音“幸子”，幸福的孩子。陈家人觉得这名儿不错，就留下了。李晟的大女儿叫“莲子”，名字里都有个“子”，他存了一点微弱的希望，以后能够相认。

陈家人用信封包了厚厚一沓钱，交给他，他推托不肯要，走的时候，陈家人给他一篮橘子，让一定收着，推托不掉，就提着了。回到家，实在无心吃橘，搁在角落半个月，直到橘子坏了，整个房间都是酸败味，他在篮子里挑拣几个没坏的，其余的准备丢掉，却从里面掏出来一个信封，里面还是那沓钱，数一数，四万块，在那个年代，这是笔大钱，能买半套房。他收着那钱，无所适从，既悔又喜——这回坐实了卖女儿的罪，一生将记着这份愧悔。

他真是没办法，明明已经离婚，五岁的女儿莲子判给了他，几个月后，前妻突然抱来这个孩子，说是他的，惊慌之际，半信半疑地把这个孩子抱在手上，左看右看，面貌轮廓都是自己，没跑了，一算日子，也差不离。他问前妻，怎么都没告诉他有孩子了呢。前妻说，怕告诉他，两个人心软，这婚就离不了了。他又问：为什么不拿掉呢？前妻说，这话说来就长，原本是要拿掉的，可是离婚手续办完，肚子已经大起来，准备引产，可是临做手术前一晚，肚子里的孩子突然动起来了，在里面翻跟斗，伸手抻脚，闹了好半天，似乎是要提醒她，自己也是条命。她心软了，第二天没去医院，一旦心软，就再也无法下定决心，引产的事一拖再拖，终于到了日子，这孩子生了下来。然而两个人已经离了婚，突然蹦出来的孩子到底归谁，再要闹到法院，两个人都疲惫已极，再来一次，实在吃不消。

前妻丢下孩子就走了：随便你怎么处置这个孩子，你淹死她都没关系，我不再管了。李晟是老实人，只能接过孩子，抱在手上。

孩子还没有断奶，他又去买了奶粉和尿布，不知道选哪一种，售货员说哪个他就买哪个，回到家已经八点多。莲子暂时住在爷爷奶奶家，屋子里空寂无人，灯光昏暗，这里已经没有女人香气，所有的一切蒙上薄薄的灰尘，颜色都黯淡下去，变成了压迫人的灰旧，鳏居的气息逐渐有了。离婚的时候他满不在乎，问心无愧，也不想撕扯难堪，签离婚协议时，两个人互相谦让，“你先签”“你先”，搞得民政局工作人员都不敢劝。后来他想，这段闹剧般的婚姻能持续六年，真是奇迹。

两个人结婚的时候都太年轻，不过二十出头。李晟的父亲当着本市公安局的局长，也算是有点家势，他大学毕业，托关系安排在了税务局，在本市剧院闲逛的时候遇见了前妻，剧院里正演着黄梅戏《西厢记》，她是崔莺莺，一见误终生。他贪图她年少时活泼剌剌的美貌，写情书去挑逗，她贪图他家境优越，也喜欢他字里行间的炽热，两个人都被某种虚幻的感觉冲昏了头，见了几次面就上了床，意外有了孩子，不得已草草结婚，结婚三天就开始吵——他们是完全不一样的人，她从小跟着剧团到处跑，心早就野了，没读过书，没个定性，爱唱歌跳舞，只想着及时行乐，嫁到他家，就像野养的金丝雀钻进了笼子，憋屈死了，对她而言，他实在沉闷无趣，那几封情书燃尽了他所有的热情；对他而言，她最美好的只有皮囊，此外的一切都猥琐不堪。她在那个年代就穿着大红色连体裤、戴宽边太阳镜在路上走，李晟不喜欢这种画报女郎的穿着，嫌太招摇，总是提醒她：穿得太暴露啦，口红颜色太浓啦，诸如此类，他们争吵起来，他便骂她没文化的荡妇，这话可戳到她了，她确实没怎么读过书，却不可因此被看轻，越发歇斯底里地浓妆艳抹，每天傍晚出门，跳舞跳到半夜才回家，他拿她没办法，干脆放任她去。李晟的父亲给她安排了烟草局售货员的工作，她干了没两个月就跑了，就是不安分，不肯过一眼到头的日子，为此两个人不知吵过多少次，就这么一年接一年地熬着，终于把两个人最美好浪漫的年纪都熬过去了。婚后第六年，都说南方的风更暖和，钱好赚，种一块钱下地，能结十块钱的果子，她被吹得心思活络，想变卖家产，南下去开服装厂，李晟不同意，孩子还小，再说他刚刚做上科长，轻易难松手。两个人开诚布公地聊，发现早就陌路，硬凑在一起也过不下去，只是孩子归谁，争执了一会儿——他们都不想要孩子——后来还是李晟的父亲心疼孙女，主动留了下来。离婚之后，他和前妻家里断绝了来往，从此再也没有她的消息。

本以为一切都结束了，哪知道又蹦出个孩子。

夜里孩子啼哭，他手忙脚乱地冲奶粉喂奶，给孩子换尿布，手上沾了一片黏稠稀黄的粪便，终于嫌恶起来，连同着对前妻的怨怒，都想一并撒在孩子上：反正这孩子一生下来就被母亲抛弃，终生难幸福——他想掐死她，再趁夜丢到河里去，除了他和前妻，谁都不会知道这世上有过这么一个孩子，这都算不得罪恶，不过是将不幸扼杀在摇篮。他的手都卡住孩子脖子，她的脖子就像嫩草茎，一折就断，不需要使出多大的力气，小婴儿的脸立刻涨得通红，眼睛也睁得大圆，一口没来得及咽下的奶吐了出来，流在他手上，他一下子绷不住，松开手，万念俱灰，口里念叨着："对不起……对不起……"那孩子哭了一整夜，哭到嗓子干哑，发不出一点声音，他在啼哭中睁了一夜眼，脑中一片混沌。

第二天他没去上班，抱着孩子去了父母家，父亲上班去了，只有母亲一个人在家。他进门一刹那，母亲大约明白了，他把事情来龙去脉向她说明白，她说：你等着，我打个电话给你爸，让他回来，商量着办。母亲起身去帮那孩子换尿布，憋了一个晚上，孩子屁股都被粪便炙红了，长出水泡，母亲心疼得大叫，嘴里喊罪过。过了没多久，父亲回来，未进门先咳嗽，像是某种问责，搞得李晟心里发毛。三个人围着那孩子坐定，各自沉默，看向那个孩子，又把眼睛撇开，许久没有响动。父亲一向严苛，在他面前，李晟没有话说，小时候是畏惧，年纪大后渐渐变成了无视。

"咳！"父亲咳嗽了一声，放话，"送掉吧！那个女人那么喜欢在外面玩，这个孩子不能保证是我们家的人，再说，你现在还是公职，只能生一个孩子，这个孩子来得蹊跷，跟别人讲不明白，到时候被人一告，你要丢饭碗的。”

李晟依然不说话，也无话可说。

“可是送给谁呢？”母亲有些迟疑。

“他自己的事情，他自己解决，总有人要女孩的，大不了贴钱送掉。”父亲说，“局里还有事，我先走了。”他起身，大步流星地走，母亲叫住他，把那孩子抱到他面前，露出孩子的面颊，让他看一眼。母亲说，“和我们家人长得一模一样，你看一眼，心别那么狠，想办法留下吧……”父亲摇头，不肯看，推开门走了。

李晟又坐了一会儿，说：“我走了，我也不想留这个孩子，我来想办法送出去。”

母亲长叹：“我一定是上辈子作孽，这辈子报应到你们身上了。”她多看了那孩子几眼，那孩子笑起来，嘴边俩小梨涡，她又说：“这孩子和你长得像，是我们家的人。”

李晟从母亲怀里抱过了孩子，走回家去，路上穿过一个中学，道路两旁栽着桃、李、杏，杏花开得最盛，其他都残败了，他被杏花的妍丽打动，心说，那就叫这个孩子“杏子”吧。他心念一动，那孩子就笑，春风里，人被吹得和酥，他也跟着笑了。

回家之后，他托了几个朋友帮忙打听，打听到陈家人想要女儿，又问清了家境、人品，觉得不错，可以托付，便搭上线，把孩子送过去。这件事情只在知情人心里划过一道水痕，不多久，复归平静，各自淡忘。

陈家人给李晟的四万块钱，他一直存着，几年后，换房子的时候用上了。亏得这四万块钱，才买上复式小楼。时间过去久了，这钱花得也没有那么愧疚，只是心里还是有根筋被扯动，想到这是卖女儿来的钱，又陷入几分钟的苦恼，他已经快要忘记那个仅有数面之缘的女婴儿，算一算年纪，她也到能跑能跳的年纪，不知道长成了什么样子。虽然挂念，但从来没有动过去看她的念头——早前就和陈家人约好了，老死不往来，他不会破规矩，也不会惹麻烦。

b

李晟没有再婚，后来又有过几任女友，总是不能长久，关系一旦亲密就崩塌，他自己知道原因，无论选谁，都是一眼望到死，一切暮气沉沉，如破船入海，没有人能有前妻的浓艳活泛和叛逆，他一直忽视了自己在上一次婚姻中的不甘，一直未能驯服一匹野马，而口味重了，再吃清水煮白菜，往往不是滋味。于是就这么一年年溜过去，白发暗滋滋地拔出来，一下没注意，已经两鬓斑驳，独居惯了，也不过如此，再结婚的念头，渐渐隐去。

他不结婚，还有一个原因是莲子——她对他所有的女友都选择了漠视，那种漠视带着敌意，有时至于狠毒。有一次，他和一个女中学教师谈恋爱，几乎要订婚，那个女老师也住进了他家，女老师心急，以为顺理成章，对莲子说："以后我就是你妈妈了，快叫妈妈。"莲子平常不怎么说话，那天却笑意盈盈："在您之前，还有好几个人想当我妈，都没当成，比您年轻、漂亮、会说话的也有。"女老师的脸立刻黑了，不知如何接话，心里存下嫌隙，没多久就和李晟分手了。李晟没有责怪莲子，他早就知道她的态度，也预知了那桩婚事的失败，他已很难再有勇气承担爱情的后果。

莲子是在夹缝中长大的孩子，从小就见惯了她父母争吵，听着他们用最恶毒的话诅咒辱骂对方，将她抛在一旁，任凭她哭得声嘶力竭，不闻不问，后来为了躲避战火，五岁时，她自己主动和李晟要求，要搬去爷爷奶奶家里住。李晟给她收拾好行李，送她去父母家，路上，莲子幽幽地说："爸爸，你和妈妈早点离婚吧，不要再折磨我了。"童言稚声说出这样的话，让李晟脊背发凉，他意识到不知不觉中，莲子已经褪去了童真，口吻已经是饱受创伤的大人，童真一逝，永不可追回，他和前妻都是真凶。

此后，李晟看见四五岁活泼好动的孩子，都会想起莲子，继而想起她四岁时，窗外下大雪，莲子叫嚷着要打雪仗，穿了红色的棉袄，冲到雪地里去，小皮靴一脚一脚把雪踩扁，她不怕冷，双手捧着一把雪，急冲冲蹦到李晟怀中，欢快地喊着："爸爸，你看呀，白白的冰冰的！喜欢雪，就像喜欢爸爸！"

他离婚之后，莲子小小的身体好像住进了一个大人，再也没有向他撒过娇，也没有再说过"喜欢爸爸"。他还记得莲子八岁那年，也下了雪，雪积了半尺厚，他和莲子站在窗前看雪，一群孩子在院子里堆雪人，他让莲子也加入进去玩耍，她长长呼出一口白气，摇摇头，说："不喜欢雪。"她闷在家里看了一天书，直到傍晚雪化了也没出门。她怨恨他，他知道的。

莲子的成绩优异，在学校出类拔萃，从小学到初中，从初中到高中到大学，一直如此，在每个科目都力争上游，一次考试不如意，她会关紧房门，躲在里面哭，哭完后，更用力地学习。她从来不需要人操心，像是课本里摹刻出来的优秀三好学生。然而李晟却对她充满了担忧，莲子像一根上得过紧的发条，没法松懈下来，他担心她有一天会崩断，他在杂志里看到，说是这样的孩子或许已得上“优秀病”，内心极度脆弱敏感，却因为无人倾诉，不得不以外在的优秀来包裹伪装自己，如果不能达成，心生失望，便会崩断，或者长期疏离人群，心理走上极端，这两样都不是好结局，他不想让莲子变成那样，更担心自己变成帮凶。他将莲子从父母那里接回来，减少自己在外的应酬，专心陪伴她，每天吃完晚饭，和她一同出门散步，围着小湖走一圈，湖边软风吹一吹，说几句闲话，或问问她最近在读什么书，学校有什么趣事，他以为这样有效，然而莲子还是坚壁不破，不肯透露零星半点，只用面子上的话回他，有时她直接拒绝回答。

她异常沉默，日渐走向封闭，与李晟不远不近，在自我周围画了一个圈，把他隔绝在外，与他维持着淡然的父女关系。

李晟用尽方法，试图了解莲子的心迹，向老师询问她的近况，只知道她很难融入群体中，在学校没有几个要好的同学，更愿意一个人待着，上体育课练习排球，甚至没有同学愿意和她结对子，她只好改练速跑。李晟最后实在没法子，趁她上学的时候，翻检她的书架和书桌，希望能找到线索。书桌的抽屉里除了一些无伤大雅的课外书和一面小镜子之外，并没有什么出格的东西，他随意翻开其中一本书，里面却夹了四张前妻的照片，有一张她二十岁出头时，在影楼拍的黑白照片，柔光灯一打，黑白分明的眼睛里闪动着明炽的光，黑长的头发盘顺在脑后，像极了三十年代上海滩的女明星，如今看来，依然艳丽动人；还有几张彩色照片，她化着浓重的妆，穿着缀满亮片的长裙，正在唱歌。离婚之后，为了避免触景伤情，李晟烧掉了两本相册，是喜爱拍照的前妻留下的影集，原本以为家里一张她的照片也没有了，谁知莲子还藏了几张。相片的塑封已经脱了胶，卷了边，也不知道被放在手心摩了多少次。

莲子长得像前妻，相貌偏于妍丽，眉眼尤其长，往鬓梢里走，腿脚也生得长，好好打扮一下，走在路上，能让人多看几眼。但她的整个少女时期，都穿着颜色暗淡、宽松严实的衣服，留着乱蓬蓬的短发，把自己隐蔽在一片浓黑之后，刻意遮挡自己的动人之处。尽管如此，从小到大，还是不少男孩子塞小纸条给她，莲子回家都交给李晟，李晟全都当作女儿成长的纪念物保留起来。

有一次，李晟说："这些你自己留着吧，放在小铁盒里，长大拿出来看看，会很有意思。"

莲子眼神放空，冷冰冰地说："这些人懂些什么，才多大，就爱来爱去。再说，我不想做我妈那样的人。"

"你妈是哪样的人？"

"漂亮的坏女人。"她笃定地说。

李晟嚅嚅嘴唇，想说点相反的意见，时间过去这么久，白发已生，愤恨消泯，对人事看得公正多了，看待前妻，也只把她当成一个和自己不一样的人，并没有多余的感情色彩。可到最后他什么也没说，自从他在莲子的书桌里找到了前妻的照片之后，知道她的心里，其实另有答案，然而这层答案，他不能说破。

C

变故发生于莲子十七岁时，那年她升高三，李晟为了陪读，张罗着在学校旁边寻个房子，连轴跑了数日，也没找到合适的，心力交瘁，接了个陌生来电，还以为是中介，心里没好气，那边是个中年男人的声音，所说的，与房子也没有关系。

那男人说："是李局长吧？我是老陈，想和你谈谈杏子的事。"

"杏子……？她怎么了？"

"你来一趟，我们见面谈。你明后天有时间吗？请来我家一趟，还是城南老地方，现在这边在拆迁，不好找，你要是找不到我来接你。"

"明天下午。"

"我在家等你。"那男人挂掉了电话。

李晟蒙在原地，站了好一会儿，突然心绞痛，在路边蹲了一会儿，起来时，头晕目眩，扶着墙才能向前走。他已经快要忘了，自己还有个女儿，被自己亲手送走，做了别人家的女儿，算一算，那孩子已经十二岁，不知道长成了什么模样，又不知道陈家人突然找来是什么缘故。老死不往来是陈家人提的，现在要求见面的也是陈家人，他心里明白，这件事情不会小，只会大。

隔日下午，他穿得正式，衬衫熨得笔挺，打了灰蓝色的领带，特意取了八万块钱的现金。到了城南，凭着印象拐进巷子，却迷了道路，确实如那男人说的，这里变化很大，拆迁如火如荼，尘土飞扬，路边的梧桐树倒下，横在路边，被日头晒得枯焦，陈家人的两层小楼，湮没在这片尘土后。最后是陈家男人出来接。一个光头黑胖子从一处转角走出来，冲着李晟摆手，李晟迎上去，走近了，却不知道该怎么称呼他。

陈家男人说："就叫我老陈。"他想了想，又补了一句，"你现在都当局长了，日子过得真快啊。"

李晟纠正他："不是局长，是副局长。"

老陈说："你样子都没怎么变，我都老完了，头发前几年就掉光了，就剩几根白杂毛。"

李晟仔细瞥了几眼老陈，并不记得他以前的模样了，十二年，在个人记忆史中，久远得难以追溯。

老陈的家陈旧了，十几年前的装修过时，白色的墙壁在经年湿气的侵袭下生出霉斑，棕色的天花板吊顶几乎触碰到头顶，那盏怪异巨大的水晶吊灯也蒙上了厚重的灰尘，显出主人曾经的阔气，以及现在的捉襟见肘。陈家女人走出来，匆匆给李晟泡了杯绿茶，又躲回厨房。

"杏子呢？"李晟左右看了看。

"上学去了。"老陈说。

"你在电话里说，要跟我商量杏子的事，是什么事？"

老陈顿了顿说："以前我说，以后都别来往，是为了杏子好，但是我家里现在遇到难处，水泥厂好几年前就倒闭了，欠了不少钱，这些年都是靠我做点小生意撑着，你也看到，条件不行了，给不了杏子好吃好穿，她在我家不会好。这孩子虽然是抱来的，但从小乖巧听话，最招我疼，我希望她能好好读书考大学，别像我的两个儿子，没有出息。”

“你的两个儿子，现在在哪里工作？”

老陈眼神闪烁，脸憋得通红，脑门青筋根根分明：“李局长，你是杏子的亲爸爸，我不把你当外人，我两个儿子都是上辈子跟来的讨债鬼，大儿子二十岁的时候染上毒瘾，吸了四年，把我家业掏空，去年好不容易死了；小儿子不学好，去年跟着一群小子们打架，砍伤了别人，现在在吃牢饭。”

李晟叹了口气，说：“你这么难，怎么不早点找我？”

老陈说：“我是要面子的人，老死不往来是我说的，我突然找你，怕你觉得我这人不正派，看见你飞黄腾达，就跳出来讹你钱。杏子明年上初中，我求你把她带走吧，好好的一个孩子，在我家要坏掉。我这么做，都是为杏子好。”

“这件事情你和杏子说了没有？”

“还没有，我想先问问你的意见，你愿意带她走就带走，不愿意也没关系，她还是我的宝贝女儿，已经拉扯到这么大，再拉扯几年，也不成问题。”

李晟迟疑了一会，说：“这事我还得再想想。”

差不多到杏子放学的时间，老陈留李晟吃饭，李晟记挂着莲子，没同意，只说想见见杏子，见完就走，两个人坐在客厅等，老陈给了他一本相册，他翻开，里面是杏子由小到大的记录，原本是那么个小不点儿，被人小心翼翼抱着，忽然就会走了，会跳了，会玩沙子了，会穿着花裙子跳舞了，又忽然扎小辫子了，又忽然会跑进人怀里喊爸爸了，会读故事书了，会跟其他小朋友跳房子了，会对着镜头倔强地板着脸了。最后一张照片是杏子十二岁生日的留影，她站在老陈的身边，没个正形，站得歪歪扭扭，欢脱地笑，像棵小树苗倚着一棵老桩，看得出来，这孩子的性格活泼。杏子的眉眼，赫然与他有七分像，他眼睛湿润，嫉妒老陈，两行热泪不留神滚了出来。

门外窸窸窣窣，陈家女人去开门。暮色四合，老陈打开了灯，水晶吊灯在每个人脸上投出五色杂驳的光，然而客厅还是昏暗。

“她回来了。”老陈说。

他们不约而同地站了起来，迎接杏子。杏子唱着歌进来，进来的瞬间，落在李晟的眼中，是缓慢悠长的，他刚刚从相簿里认识了自己的第二个女儿，马上就要见到她，期待和惶恐一起涌进心脏，方寸大的地方几乎要炸开，他不自觉地捂住了胸口。

杏子站在门口，看着他，她比他想象中个头高，穿校服，梳马尾，轮廓像她妈妈，五官却是他的模子，嘴边两个酒窝。他们对视，笔直的目光交汇，就那么一下子，杏子停止了唱歌，眼里全是疑虑，又那么一下子，她明白过来，叹了口气。

“这是爸爸的朋友，李叔叔。”老陈对杏子说，“快喊叔叔。”

“叔叔……”杏子轻声叫了一句，远远地避开，低着头上楼。李晟的目光一直追随，黏着她的背影，看不足。

走的时候，李晟将那八万块钱给老陈，老陈怎么都不肯要，李晟趁他不注意，塞给他女人，陈家女人抬头望了望李晟，悄声收下。

李晟一边走一边想，这件事情该如何处理。要是一辈子不见，也就罢了，这么一见，心里再也放不下，而陈家现在的情况，着实让他担心，他久已封存的悔愧，又占据心头。父母那里怎么交代？莲子那里怎么解释？自己好歹算个官，别人又怎么想他呢？而他最担心的是，杏子的心里是个什么意思。他已走出巷子，忽然停住，向回快步走，走过横倒的树、灰扑扑的路，敲开了生锈的铁门，老陈开的门，探出脑袋来。

“我把杏子带走，老陈，你这几天跟她好好谈谈，我过几天再来。”李晟喘着气。

“好。”老陈闷闷地答应，“我跟她谈。”

李晟抬起头，二楼窗前一个蓝色的人影，一闪而过——杏子在高处看着他们。

d

李晟和莲子每天傍晚饭后都会一起散步，他选在这个时间向她说明杏子的事。他省略了不少事情，比如父亲坚持不肯留下孩子，又比如陈家人给的四万块钱。

“……就是这样，你有一个妹妹，我准备把她接回来。”李晟停住脚步，“你有什么想法？”

莲子却不停，继续走着，不发一言，夜色中也看不清楚她的表情，不知道是喜还是怒。回去的时候，她对李晟说："这个妹妹，奶奶对我提起过，我早就知道的。其实我无所谓，明年夏天高考结束，我去上大学了，也不用跟你们相处。她真可怜，被你送走，又被送回来，被丢了两次，那个老陈，也不是什么好人，不想要了就直说，用'对孩子好'的理由来赶人，万一那孩子更愿意待在原来的家里呢，你突然跑过去，对那个孩子说，我才是你爸爸，那孩子也会吓到吧。你们大人，就喜欢用'这样是对你好'来迫害我们。"

"……"

"那孩子叫什么名字？"

"杏子。"李晟回答。

"你早点把杏子接回来，免得她在那个家待着难受，里外不是人。"

莲子难得说这么多话，李晟又气又笑，拿她没办法，送她去上自习之后，回来的路上顺路去了父母家，找他们商量此事，其实已经不是商量，而是告知，他心里已经做了决定，杏子无论如何都要接回，他欠她的，如果不加倍补偿，余生不得安宁。

父亲果然不同意，临近退休，他越发执拗和小心，他怕别人揪着把柄，李晟也算是个有身份的人，位置不少人盯着，万一被人知道，他还有一个女儿，破了规矩，背地里一搞，容易坏事。

"陈家人就是想要钱，你多给几万块钱，给他点方便就好，干吗这么想不开，非要把那孩子接回来？"父亲用拐杖重重敲着地面，"你这样会害了自己。"

"是可以给钱解决，可我见到她了，就再也放不下她。

莲子是你的孙女，杏子也是。”李晟起身就走。

“我只有莲子一个孙女。”父亲把他叫住，咬牙切齿，“你把她接回来我也不会认，千万别把她带到我这里来。”

李晟听了，去意已决，头也没回。

到了去接杏子的日子，李晟到了老陈家。客厅里放着两个行李箱，老陈还在收拾，他们对那八万块钱的事心照不宣，彼此没有作声。杏子穿了一身新，新衣新鞋，披着头发坐在角落，脚边是她的书包，她眼睛红红的，抬头飞快地看了一眼李晟，立刻又撇开。走的时候，陈家夫妇一直送到巷口，老陈不断叮嘱杏子好好吃饭好好读书，陈家女人一路哭，杏子的表情却木然呆滞，李晟原以为她会不愿意，至少会挣扎一下，却没想到她这么冷静温顺。一直到上车，合上车窗，她都默不作声，开出去好几公里，突然憋不住，放声大哭，一直哭到新家，停不下来，李晟给她递纸巾，她接过去，揩干净了泪痕和鼻涕，用力之大，把脸皮和鼻头都揩红了。

“好了，以后我就是你爸爸了。”李晟说。

“爸爸妈妈不要我了……”杏子小声念了一句，又哭起来，“他让我以后别回去了。”

莲子放学，进门先看见杏子，像只小兽紧盯着另一只小兽。李晟让她打招呼，她笑了笑，没有说话，径自走到自己房间去了，反锁上门。杏子睡客房，靠着莲子的房间，夜里杏子哭，莲子听得一清二楚，她敲敲墙壁，杏子立刻不哭了，转成低低哑哑的抽泣，就这样好几夜，终于停了——起初的几个月，她们的交流仅止于此，莲子从来不喊“妹妹”，杏子也从来不喊“姐姐”，喊不出口。

一开始，三个人凑在一起，别提多别扭，每天吃完饭后，李晟带她们出门散步，杏子孬在一旁，莲子远远走在前面，李晟则像个移动的木桩夹在中间。到了周末，杏子溜去老陈家，莲子躲在学校上自习，李晟一个人在家，提前过孤寡老人的生活。如果李晟不在家，莲子和杏子也不会说话，不相熟，说话尴尬，她们各自缩在自己的房间，像蜷在洞穴里的小兽，探听着门外的动静，但绝不主动出击。时间久了，抬头不见低头见，不说话也尴尬，李晟强迫莲子周末在家复习，也不放杏子去老陈家，都窝在家，姐妹俩渐渐也能说上几句，不至于冷场，杏子在家里放松许多，她天性还是活泼，有前妻的影子，有时候在家不自觉唱出歌来，家里面有了她，沉闷感少了不少；莲子有时候买书或文具，也给杏子捎上几本，两人站在一起，总算像了姐妹；三个人坐在一块，总算像了家人，只是不亲昵。

杏子回来没多久，赶上春节，李晟的母亲打电话来，让他带着杏子和莲子去过年。李晟问，爸爸还生气吗？母亲回答，早就不气了，可他拉不下脸打这个电话。到了父母家，父亲从头至尾都铁着脸，母亲给莲子夹菜，也不忘给杏子夹，一直夸杏子长得干净漂亮，发红包时，一人一个，先给杏子，再给莲子，然而话里话外，还是透着股小心客套。杏子虽然还是个孩子，可也知道自己算是个外人，心里不高兴，什么都露在脸上，噘着嘴不开心，回去的时候，李晟把电话给她，让她给老陈家打个电话，连打了好几个都没人接，知道是故意不接的，她的眼眶立刻红了，小声说“爸爸不要我了”，莲子跑过去搂了搂她的肩膀，什么话都没说。

小区里认识李晟的都知道他家里多了个孩子，不知道是什么身份，李晟解释说是自家亲戚的孩子，暂时住一段时间。明眼人一看就明白，这孩子和李晟长得太像了，但李晟也不惧，该来的总会来，躲也躲不过，要是有人告，那就去告好了，大不了不当这个官。在外杏子叫他“叔叔”，在家里，她叫他“李爸爸”，虽然是“爸爸”，前面加了个姓，总归有隔膜和疏离，李晟心里在意，但又不那么在意，他知道急不来。

莲子高考结束后填志愿，选报了广州的大学——那是前妻所在的城市。李晟高兴，为莲子办了一场盛大的谢师宴，请来了几乎所有亲朋，甚至托了人给前妻带话，邀请她来参加宴会，她当然没来，但包了一个红包给莲子，红包上写着几个字“给我的女儿李莲子，祝贺你考上大学”，他把红包交给莲子的时候，莲子的脸红了，对着上面的字迹看了多遍。李晟带着她一桌桌挨个敬酒，两个人都喝得有点多，敬完所有人，莲子端着酒杯对李晟说：“爸爸，敬你，对不起，谢谢你。”那杯酒不知被施了什么魔法，李晟喝来，只觉得是喝蜜。

整个暑假莲子都在和另外两个同学张罗着环游全国，在此之前，她从来没有单独出过远门，李晟有些担心，拦着不让去，哪里知道根本拦不住，莲子留了张字条，半夜偷偷拎着行李箱走了。那年青藏铁路正好开通，她乘着火车，去了西藏，又转道北疆，前前后后在外待了一个月，隔两天给李晟打个电话报平安，回来的时候她的脸晒得黑亮，像颗发亮的豆豉，李晟几乎没有认出来。也许是旅途见闻使人心胸开阔，莲子比以前爱笑，她给李晟和杏子看自己旅行时的照片，一会儿在沙漠里骑骆驼，一会儿在高原上赶牦牛，一会儿又在草原上骑马，她穿着色彩艳丽的民族服饰，恣意地大笑、跳舞——那就是李晟想象中莲子的模样。

“爸爸，伊犁真美，远看草地像无边无际的绿毯子，让人忍不住想躺在上面滚一滚，以后我们一家人一起去一次吧。”她说。

李晟听见“我们一家人”这几个字的时候，心里绵得淌起水，又想起莲子五岁的时候说“喜欢雪，就像喜欢爸爸”，他知道伤口愈合了，尽管用了很长时间，留了伤疤，总算愈合了。

送莲子去学校报到时，李晟带上了杏子，因为杏子没有出过省，也没有坐过飞机，他特意订了三张机票，莲子把靠窗的位子让给了杏子，一路上，杏子扒着窗户往外看云，很欢喜，姐妹俩叽叽喳喳了一路，累的时候互相倚靠着休息。到了广州已经是傍晚，下飞机直奔学校，放下行李，父女三人在大学里逛，杏子和莲子饶有兴致地说着未来，莲子说她大学毕业之后还要准备留学，杏子大声地说想学画画，两个人手拉着手，晚风习习，吹动了她们的裙子和头发，李晟走在她们的后面，听着她们悦耳的声音，注视着她们的背影。

“爸爸，走快一点呀。”莲子转过头来喊。

他快步跟上去，心里想着，原来杏子喜欢画画，原来莲子想要留学，这些他一直不知道。

那一瞬间，整个世界的喧哗都和他没有关系。

e

莲子去上了大学，家里就剩下他和杏子。如果认真计较，他花在杏子身上的心血比莲子多，杏子晚来，李晟怕她心里生分，吃的穿的，都是经济条件许可内最好的，给莲子十分，就给杏子二十分，然而她和莲子太不一样了，在她面前他不得不掩盖掉自己的手足无措，他不知道怎么应付她。他到底还是看着莲子长大的，了解她性情，他知道莲子心里的伤疤在哪里，也知道虽然莲子不会那么亲近他，但也绝对不会远离他。可杏子是别人养大的，回到李晟这里已经十二岁了，早就是个成型的人，她的记忆里填满了李晟未知的东西，他不知道她喜欢什么，不喜欢什么，这些全都得依靠长久的相处，主动摸索。

杏子不是读书的料子，比莲子差多了，这个不需要多长时间就能看出来，她的语文数学英语成绩全都一塌糊涂，从老陈那里接过来的时候就是这样，她不是不聪敏，只是不喜欢学校的课程，听不进去，李晟干着急，请老师给她补习，没有用，她左耳进右耳出了，心里不知记挂什么。初中升高中前几个月，李晟被班主任叫到学校，班主任气急败坏地把杏子的英语课本丢到他的面前，说，你自己翻翻！李晟翻开，里面用圆珠笔画满了猫猫狗狗和大眼睛的美少女，画得细腻，连动物的毛发都勾勒了，占满了书本的白边处。他翻看的时候，满心惊叹与愉悦，好像亲眼见到上课的时候，杏子埋着头在书上耐心描绘，忘乎所以，连老师走到她身边也没注意——她是真喜欢画画。

“我得好好和她谈谈。”李晟笑着说。

“她这个成绩，最差的学校也考不上。”班主任重重敲着桌子，他不解李晟为什么会笑。

李晟小心翼翼地捧着那本书，又翻了一遍，像手握珍宝，看完之后特意抚平，再塞进公文包里。

杏子回到家时，知道爸爸白天去过学校，怕得很，蹑手蹑脚地准备钻回房间，被李晟叫住，客厅里面对面坐下。李晟掏出那本英文课本，放在桌子上，他说：“杏子，这里面都是你画的吗？”

杏子以为要责怪，眼泪吧嗒吧嗒掉，不作声。

“画得很好，你喜欢画画吗？”李晟又问。

杏子点头，又摇头，想了想，仍旧点头，拿不准李晟的意思。

李晟说：“你考上高中，我送你去学艺术，你以后可以画画，前提是你要考上高中，再考上大学，不然这么画是没有用的。”

杏子不敢相信，一直瞪着眼望李晟，确信他没有骗人，破涕为笑。

杏子原来叫他“李爸爸”，那次之后，知道他好，悄悄把“爸爸”前面的“李”去掉了，李晟一开始没注意，注意到之后，心里甜到发痒。杏子落下的课太多，学校里的进度跟不上，李晟给她请了两个月的假，聘了个补习老师全职辅导，花了不少钱，钱倒是次要，李晟只怕没效果，因为落得实在太多。三年的课程全都堆在两个月里，一下子全要装进脑袋里，杏子在家学得抓耳挠腮，却下了很大决心，发起狠来的劲却和莲子一模一样，也不需要催，每天起早贪黑，紧赶慢赶，总算学完，人都瘦了一圈，进完考场，分数将将可以进本市的一所重点高中。李晟那几天高兴极了，掩不住笑，甚至比莲子考上大学还高兴，那毕竟是意料之中的事——他以为以后的一切都像预想中那样顺风顺水。

f

杏子怀孕了。

李晟连续几夜没睡，就像自己种的鲜花，含苞待放的时候，被人粗鲁地踩扁了，想起这件事，心口就一个劲儿地紧，怄不下那口气。后来他干脆从床上爬起来，到阳台上抽烟。夜色藏蓝，四角透光，人都睡了，万家灯火不足百。他索性端了一把椅子，在夜风里呆坐。

他不该那么早把她送到画室里学画画，不然杏子不会那么早变成坏孩，他想。然而事已无法挽回，所有的事件层层相因，顾得了开头，顾不了结尾。

杏子上高中没多久，怯生生提出学画的事，李晟心里还高兴，向朋友打听到一个画室，带她去报名，周末去一天，学习基础素描和水彩。第一天去到画室，一个四十平米的教室里立着二十多个画架，人却不多，几个和杏子差不多大的孩子正在对着瞎眼荷马的石膏像描，杏子站着看了很久，嘴里大气不喘。李晟带她去买了画架、铅笔、纸和水彩，买完就回家，杏子挽着李晟的手一起回家，到家后，把这些工具都搬进了自己房间，李晟在客厅里都听见她在唱歌。

他和画室里的老师聊了聊，知道来这里的孩子都是准备艺术考试的，大多数都是父母逼着过来，把艺术考试当成出路，没几个真心喜欢画画，不只如此，有些孩子画画也学不进去，来这里就是交朋友玩的，倒把好苗子给带坏了。李晟说，我这个孩子真心喜欢画画。老师笑了笑，说，那我要好好教了。李晟听完隐隐有些担心。

不到半年，绘画老师就给李晟电话，说杏子好几个周末没来画室，估计被画室里的另外两个孩子带去网吧打游戏了。

李晟网吧里找，一家接一家地摸，终于找到她，把羞愧的杏子带回家。可这种事有了第一次，就会有第二次、第三次，然后逐渐失去羞耻。起初杏子还会哭着保证：“让爸爸失望了，我再也不这样了。”他还给她递纸巾，安慰她不要在意，想要玩游戏，可以在家里，合理规划时间就可以。杏子点头，小马尾在头上甩来甩去。后来明目张胆起来，不再避讳李晟，她在左耳朵扎满耳洞，戴满五颜六色的耳钉，染紫红色的头发，穿满身破洞的衣服，学会了抽烟，连着几天不去学校，逃课跟着画室的另外两个小姑娘在街上混，和那些流里流气的男孩子们谈恋爱，没钱了就偷偷潜入到李晟的房间里偷钱。李晟眼见着她往泥潭里滑去，想把她往回拽，她察觉之后，像个泥鳅躲了起来，让他好多天都找不着她。为了找她，李晟下班之后，开着车在路上扫街，大海里捞针，画室里的另一个家长对他说，这群孩子里有人吸毒，他吓得不轻，以前也见过年轻人吸毒之后瘦骨支离，彻底废了，他怕杏子走这条路，满心只想找到她，十几天后，杏子的钱花完了，回了家，所幸没有和那吸毒的孩子在一起。孩子长大了，变坏就是一下子的事，之后再想往回带，难了。

杏子叛逆的那段时间，总是怨李晟当初把她丢给陈家人，为了气他，又喊他“李爸爸”，李晟要发作，但又没处发作，他苦口婆心，明知道自己那些劝解的话，她听不进去，可他还要说，其实是说给他自己听——他已经尽力了，实在不行就丢开手，由她去，她想怎么样就怎么样，大不了不读书，他养着她，以后早点嫁人，就这么过一辈子。他明白，慌慌张张的青春里，她比他更害怕。

怀孕这件事，是个休止符，终于结束两个人的拉锯战。杏子醒悟到，除了李晟，她无人可以依靠，她拖了好几个月不敢向他说，怕他嫌弃，再一次丢弃她，毕竟爸爸是个那么严肃的人。

李晟把这件事视为父女俩共同面对的难关，不知为什么，他居然想起老陈来，老陈说他的两个儿子是上辈子带来的讨债鬼。杏子大概是他的讨债鬼，这个本来不该来的孩子、本来已经被丢弃的孩子，又回到他的身边之后，他必须加倍地给予，才能补上彼此心里的空洞，他这么想来，心里才安宁——他甚至不确定这是爱。

“没关系的，杏子。”他对杏子说，“过去就没事了。”

他找了认识的医生，把事情说明，医生又把他带到医院的另一个区域，找另一个女医生，这个区域的墙面都被刷成了粉色，长凳也是粉色，一切都蒙着一层虚幻的粉红色的雾气，科室门口的牌子上写的是“少女救助中心”，护士们对这些事司空见惯，父女俩一走进来她们就知道怎么回事，脸上没有表情，给了几张表格过来，领着杏子去做检查。杏子畏惧，期期艾艾，不肯进手术室，女医生一直拉着她往里去，说，很快、不疼，终于把她拽进那白洞似的房间。

他给莲子打个电话，一算时间，这会莲子正在上班，不好打搅，拨出去的电话立刻挂断。他坐在门外的长椅上等，椅子的另一端坐着个中年男人，弯腰弓背，头发蓬乱，再一细看，是面贴在墙上的镜子，人原来是不知不觉就老了，不知不觉就被时间的碎雪割得体无完肤，那蜷着的可怜人不是别人，就是自己。

他累了，坐着也睡着了，也不知道睡了多久，做了一个不知所云的梦，醒来时发现旁边坐了一个孩子，手里拿着一个电动玩具——一个塑料小人儿正在翻单杠，小人儿翻上去，又落下来，又翻上去，又落下来，挣命似的翻上去，重重跌下来，双手被锢在单杠上，如此往复，永无止境。

锦灰堆

如花美眷，断井颓垣
锦之灰，灰之堆
残破的集合，谓之“锦灰堆”

a

那个夜晚，我们躺在床上，相与枕藉，你弓起的膝盖顶住了我的小腹，面对面，呼吸潮湿，你的手搭在我的胸脯上，在乳头上轻轻捏了一下，又滑到后背上去，在我的背上来回摩擦，然而没有继续，你困倦了，身体不受欲望支配，于是你吻了一下我的嘴唇，翻过身去，打起了轻微的鼾声，球形的鼾声在半空中一个接一个破碎。我睁着眼，借着窗外透进来的淡光，观察你的眼睛，你在做梦，眼球上下晃动，不知是好梦还是歹梦。寂静瞬间填充了整个屋子，如整个屋子都塞上了湿棉花，沉重地压向我们，不堪忍受，我几乎要叫醒你了，求你陪我说说话，然而我不忍心，因为明天早晨七点整，你要起床，搭乘九点半的高铁去往北京，在北京，你或许有三天马不停蹄的会议、啤酒聚会。我从未对你说起过，没有你的屋子，气温也冷下来五度，我一个人蜷着身体，脚一直冰凉，无法暖和起来。

如果把你叫醒，我有一个故事要讲——我在一本描写建筑的书本上看到，一个叫作德里克的墨西哥建筑师，偏爱硬朗的质地与线条，他将自己的家建在一个危崖之上，设计成一个灰色的水泥盒子，室内的家具都用水泥浇筑而成，摒弃了所有的色彩，只有不同层次的灰，深深浅浅，错落地搭配，来拜访过的人都会感到震撼。初看只觉得这幢房子真是伟业，没有柔软的缓冲，周遭的一切毫不留情地撞入眼睛，时间一久，便觉得压抑，疲于应付。据在那个房子里过夜的人描述，悬崖上的夜风极大，从门窗的窄缝里钻进来，发出哨鸣，如同鬼哭，还有碎石掉落山崖的声音，令人惊惧，甚至产生房子马上就要下坠的错觉。德里克喜欢在自己的草图上记日记，在图纸的边缘和反面，留下了生命最后三年的手稿。他写道，他最喜欢的就是一早起床，在厨房里煮上一壶咖啡，坐在落地窗前，等待客人们起床，欣赏他们的黑眼圈，询问他们睡得怎么样，然后听他们说起晚上的大风和碎石，心里暗自得意。而他的太太——他居然有太太——一个画家，给这座房子取名“Grey Coffin（灰棺）”，Grey Coffin成了这房子正式的名字。德里克在一个雪夜死于心脏病，从浴缸里爬出来之后摔在水泥地面上，一个小时之后才被发现，那时候他已经停止呼吸。他死后，他的太太立刻搬离灰棺，在墨西哥城的小公寓中度过了余生，她死前将Grey Coffin捐赠出来，做成了德里克纪念馆。工作人员们找出灰棺的图纸，细细查看后，发现这里居然藏有一个无人提及的密室，德里克使了一个视觉诡计，将密室嵌套在酒窖中，如果不是熟悉结构的人，很难发现密室的入口。工作人员顺着图纸，找到了深藏的密室，打开了它。

如果你醒着，你肯定会眨着眼睛，望向我，小声地问：密室里藏着什么呢？尽管光线暗得看不清彼此的面孔，我却能找到你眼中的一点微弱反光，我会捧着你的脸轻轻吻一下。

和外面完全不一样的世界，密室的地上铺满了色彩缤纷的波斯地毯，一层之上还有一层，七八层叠着，走上去绵软软的，像走在晚霞之上。左右两边的墙上挂着几千个蝴蝶标本、十几幅细密画，墙面被刷成了暖烘烘的橙色与红色，一张宝蓝色的沙发在屋子的正中央，主人仿佛刚刚离去。沙发中间陷下去的那部分没有弹起，灯光一打开，这屋子的色彩就开闸了——像一只巨大的冷血动物，肉身深处却长了一颗灼热的心脏。那颗心脏怦怦地跳动，瞬间将整个灰棺的底色改变，被德里克抛弃的颜色和柔软通通躲进了密室，使得那里拥挤不堪，又温情脉脉。这个密室属于谁？是德里克的，还是他的太太的，没人知道。我私下以为，那间密室一定属于德里克，这样才算是传奇，那么外壳坚硬的人，一定要有个地方放置他对色彩与柔软的迷恋。那种夸张与矛盾，恰恰促成了一个平衡，让我们知道，有此即有彼，两端隔得越远，撕裂得越厉害，滋生的张力越发迷人。

你肯定要对我说，这故事无趣。我总是要给你讲一些没头没尾的故事，在里面寻找隐喻和意义，戳破浪漫的表象，自以为捏得了真相的尾巴，洋洋自得。有那么段时间，你一躺下来，拥抱我，像孩子一样央求我讲一个故事，讲完一个，再讲一个，沉浸于一千零一夜的幻象，像那位古波斯的暴君，而我则像是山鲁佐德。故事总有结束的那一天，这个众所周知的结局常让我惴惴不安，一定有那么一天，我会对你无话可说，陷入沉默。

你知道德里克的太太是谁么？你一定见过她的画作，世界上有两幅最为著名的鸢尾，一幅出自于凡·高，另一幅就出自于她。她的名字叫作戈雅，20世纪最著名的女画家，墨西哥之光。她的画作以放肆的色彩和潜意识的线条为特点。在嫁给德里克之前，戈雅是波洛克的情人，他们俩有一张合影，两个人满身颜料，站在一幅巨画之前，她的双手交叠放在腹前，肢体僵硬，嘴唇紧闭，眼睛笔直地看向镜头，波洛克则叼着烟在一旁混不吝地笑。你无法把她和她的画联系在一起，她的画作如此跳脱于规矩，一团团火焰一朵朵云，熊熊燃烧，在你的眼前爆炸，她该是那种恣意张扬的人，可她看起来如此克制冰冷，像个中世纪的修女，五官平平，既没有尖锐的美貌，也缺乏由内而外的热情。相反，德里克长了一张古希腊雕塑般俊美的面孔，深邃清澈的眼睛，金色的头发向后梳去，这本该是张诗人的脸，他们俩做的事真该调换一下。两个截然不同的人是如何相互吸引的，又是如何一起度过余生？这才是我的疑惑。

我带着同样的疑惑看向你，熟睡的你，被夜的静美包裹住的你。呼吸如涟漪，退而复来，你的手紧紧裹住我的食指，我因此可以感知到你心脏的跳动。亲密无间的我们，一个睡着，一个醒着，身处两个世界，你划着小舟离我远去，我在岸上望向你，等待你。我想起了小时候，夏天的月亮瓦亮，我和小伙伴们在院子里跳皮绳、唱歌，我说，我去小便一下。只走了五分钟，回来之后，场子里面空无一人，只有银霜般的月光洒了一地，满地凌乱的脚印，一条弯弯的皮绳被遗弃在地，我捡起皮绳，在场子中央，守着遗迹，慢慢踱步，等待着他们回来，再一次开始游戏。明天早晨七点钟，我知道，你会划着船回来，像什么都没有发生过，亲吻我的面颊，那时候我睡着，你醒着。

梦里面有什么?

b

鸟开始鸣，这一次连续失眠一周，我渐渐摸索出它们的时刻表。凌晨两点左右，布谷鸟最先开始，第一次在H城听到布谷的叫声时，很是吃惊，还以为只有深山里才有这种鸟。布谷的声音清亮，饱满有力，带着婉转的哀怨，一声声艰难地唤，唤几声，停一下，又唤。布谷结束之后，便是一种叫声短促细碎的雀儿，成群结队，叽叽喳喳；再往后，许多种鸟雀都醒来，叫声混杂在一起，混沌地迎接黎明。

这样的体会你不曾有过，睡眠对你是一种功能性需求，你指着自己的耳朵说，这里面有个开关，一摁就能睡着。我艳羡地看向你，在你熟睡之后，继续与夜纠缠。夜是有质地的，光线、声音，哪怕是那种“黑”本身，伸出手，在空中搅一下，也能感觉到它的稠浓，它也是一件越收越紧的束身衣，随着时间推移，终于将我完全裹住。

“你想太多了，脑子总是在动，别再喝茶和咖啡，再把身体搞得劳累一些，也许就能睡个好觉。”你曾说。于是有段时间，你领着我沿着街道跑步，上海的路灯总是过于明亮，把我们的影子拉得两丈长，冬日里的空气冰凉，猛地进入到肺，呼出来已是一团白气，硬质的柏油地面和柔软的跑鞋有节奏地触碰，力量折在膝盖里，回到家后，洗漱完毕，膝盖隐隐作痛。我忍受着疲惫的身体，与疲惫的精神，依然无法从容地睡去，应该来一颗安定，但安眠药不知道被你藏到哪里去了，你担心我被那些白色的小圆药片迷惑，在你不在场的时候，吃下太多。

夏秋日的早晨，你总是起得很早，在客厅与厨房里做咖啡，然后烧水蒸一屉速冻的小笼包子，那时候我还没有这么孱弱，会被咖啡的香味唤醒，挣扎着从床上爬起来。包子与咖啡，想来真是奇怪的组合，但我们津津有味地吃了好几个月，有时候早餐的内容也会换成白粥，配几样菜场买来的小菜。在早餐前，你会去晨跑，这习惯你已经保持了四年，小区附近有一片绿地，里面种了成片夹竹桃、紫叶李、杨柳和女贞，井字形划分，每个井格填满一种树，排列整齐，泾渭分明，园丁会把樟树与柳树砍得只有一人高，枝条从疤口处再抽出来，断头兵俑一般，规整得有些怪异。不过，到春日，紫叶李开花的季节，红白色的花并列两旁，袅袅随风，很是壮观。整片绿地都被高墙围起来，入口很小，不容易被发现，我们搬到这里一年之后才在地图上找到这个地方。地图上，它被叫作“三号绿地”，“一号绿地”“二号绿地”已经消失，一丝遗迹也未曾留下，名字只是一个线索，征兆了三号绿地的归处。有时我会与你一起出发，换好轻便的衣服，穿过一片闹市，进入三号绿地的窄门——另一个世界，你跑得很快，我慢悠悠走，井字形的路，总能在转弯处碰见，你穿着红色的上衣，像一阵红色的风从我面前刮过去，对我吹口哨，故作轻佻，惹我发笑。你跑上足足五公里才会停下来，半蹲着大喘气，直到太阳逐渐变得刺眼，我们回去，吃早餐，洗澡，换衣服，你搭乘144路公交去上班，有时候也开车，我骑自行车去图书馆。

你问过我，在图书馆里做些什么呢？

我说，也没做什么，十点钟抵达的时候，先要处理一个半小时的工作，然后随便看看书，到了十二点，去图书馆负一层的食堂吃饭，下午继续工作，五点钟回家。我尽量保持着规律，规律对我而言是拉住风筝的细线，必须攥紧，不能松懈。图书馆的四层工作日里常常十分空旷，只有寥寥数人，每个人都间隔很远，保持着力所能及的最大距离，书架高达两米，桌椅之间静默流动，咳嗽、脚步声、敲击键盘声都会被放大许多倍，在那里，我缩成一个小团，也许有着灰白色的绒毛，无声无息地潜伏于角落，仔细看，来这里的人大多生有这样一副惴惴不安的面孔。周末的图书馆是另外一个样子，夏有凉风冬有暖气，是个舒服的场所，许多孩子和老人会来这里，会比工作日多出几十倍的人来。我和你只在周末去过一次，嘈杂得无法久待，我们立刻逃窜出来，步行三百多米，拐进三号绿地里，找到一片空旷无人的草地，吃街口面包店买来的便宜三明治。一边吃一边皱着眉头，又躺在草地上睡了一个小时，阳光穿透眼睑，投出一片寂静的深红，起来时，园丁养的两条黄狗也偎在身旁。图书馆的绿地与三号绿地原来只隔着一条小河，不细看，会以为三号绿地也是图书馆的一部分，因而不易被发现。尽管三号绿地是一片公共空间，但我总觉得它是我们的私家花园，偶尔走过的行人，只是因赏花误入的游客。在人口拥挤的H城，难得会产生拥有一点什么的错觉，郊区还好，越近市中心，越觉得城市如蜂巢，人也不过是成群结队的蜂，在街道上拥来拥去，地铁里闪烁的红灯和警报催促着快点快点，赶紧跳进绞肉机似的地铁，搅碎了又重组，完璧而出。人流中的一滴水，无法主导流向，只是依附，人流去向哪里，便跟随到哪里，在不断的跟随中积累起拥有点什么的渴望——半米的安全距离，新鲜的空气，片刻的安宁，或者一个火柴盒子似的房子。那些渴望也是错觉，可真的拥有了又觉得不过如此，似乎仍是一种自大的错觉。

今夜的月是满月，我从床上爬起来，走到阳台，推开窗户，空气干冷清冽，周围一片海蓝，建筑物与树木都浸没在水中，水草似的漂动。你翻过身，咕哝了一句“你去哪了？”我说，我在阳台呢。你说“睡着了，那些东西就不会惊扰到你”，你起来喝水，大约醒了几分钟，我看见手机屏幕亮了一会，又暗下去。我说，今天的月亮很圆。你没有回应。这样的月亮每个月都出现一次，但我们抬起头看到的机会不多，外面还是很冷，寒意从脚心漫上来，直至手指尖，我冻得像块冰，立刻缩回被窝里，仍然瞪着眼，想着，刚刚有句话很熟悉，“睡着了，那些东西就不会惊扰到你”，你在一次野营时说过一模一样的话。

有两年，我们总是在徒步和野营，背着登山包，行走数十公里，在野外搭一顶孤零零的帐篷，有限的假期都被这些事情填满。初始的路线已经不能满足，于是你开始寻找一些少有人走的徒步路线——浙东有许多这样的山，连绵苍翠，虽不高峻，却保留了古时开辟出的山道，连接着村镇，知道的人很少，网络上的攻略都没有细节，只能做一点参考。你喜欢筹备这些事情，计划路线，准备装备、食物，把一切安排得妥妥帖帖，等待假期到来的那天，驱车抵达目的地，将车停在合适的位置，再向山里进发。野山里人烟少，有时走上几个小时也不见人影，天地静默，草木无声，只有脚步踩在朽叶上的细声，我们心照不宣地不言不语，现在想来，什么都不必说的时刻是如此金贵。

两年前的中秋，我们登温州附近的野山，傍晚时走错一条岔道，偏离了原计划的路线，进入一片无边无际的竹林，道路渐渐消隐于落叶，竹梢在头顶摩擦，发出巨大的窣窣声，手机没有信号，无法导航，保险起见，你提议沿着原路返回。我们匆匆地走，要逃离竹林的困缚，用手杖敲打地面，赶走蛇。

我说，在竹林里最容易鬼打墙。你问，鬼打墙是什么？我说，旅人们夜里在山中行走，以为自己在向前，天亮时一看，发现自己根本就没走出多远，而是一直兜着很小的圈子，这种魔障，就叫鬼打墙，有时候，“鬼”厉害一点，几天也兜不出去，人就饿死在这“墙内”。你说，要真是遇上鬼打墙也不要紧，我们死也死在一起。我听了，背上起了鸡皮疙瘩，不为死，而为“死在一起”。某些特别时刻的无心之言总是会变成谶语，我害怕与你定下这样的盟约，也害怕定下之后必须要履行。生在一起也就罢了，死太漫长，我不想和你在一起了。我拿着登山杖戳你的包，说，我才不要死。

正说着，忽然就走出了竹林，猝不及防的满月当头，视野开阔，俯瞰山谷，山坳聚了些流动的云气，月光下如蓝色的颜料缓缓涂抹。我们看了一会儿，又向前走，但天色已经太晚，走到营地也到半夜了，这一片野兽出没，夜路危险，只好就近找一片空地撑开帐篷。月惊动了山鸟，鹧鸪叫个不停，山野其实比城市更加热闹，我被吵得无法入睡，又听到有细碎的脚步声从山道的方向过来，一个“东西”——我还不知道它是什么，只觉得有几分像人，在帐篷的周围绕了一圈，停在了帐篷的门口——你躺下来就睡着了，无论身处何地，你都能飞快地入睡……那个“东西”没有发出声音，我想象着它向帐篷内觊觎，或不停地嗅，我最担心这个“东西”有手，突然地拉开帐篷的拉链，冲进帐篷里来。这么一想血都凉下去，我推搡你，把你叫醒，说“有东西在外面”，你没有睁眼，满不在乎，说“睡着了，那些东西就不会惊扰到你”。过了一会儿，那个“东西”才离开，脚步声远去。第二天我还在晨梦里，你已早早出发去探路，一里之外，你的一声咳嗽，从鸟鸣虫音里跳出来，我知道你回来了。

“昨天来拜访我们的那个东西是什么，你猜猜。”你拍去裤子上的露水，钻进帐篷里，把煮好的咖啡递到我的手上。

“不知道。”我摇摇头。

“是猕猴。”你笑说，“老乡说这附近很多猕猴，而且，它们还偷走了我们的一盒小番茄，坏得很。”你带着我去找猕猴的脚印，走出很远才找到一个，小小的如同婴儿的脚掌，烙在泥地里。

后来远足的兴致逐渐淡了下去，两个人都难以提起精神和力气，上千米的高山和上百公里的步行，想一想就已经畏缩，更别提迈开脚步。此前，到底是什么支撑着我们勇往向前？在那两年里，我们挥霍尽了活力。

“你那时候还是正常的。”有一次你脱口而出，又立刻往回找补，“比现在健康得多，快点回到以前的样子吧，那时候的你……”

我听出责怪的意思，而我也责怪你。就像在河里游泳，约好了一起到达对岸，游到中间，一个人有些乏力了，需要休息，另一个人却不想等待——或许是害怕被拉扯着一起溺亡。

C

很多过去之事，当时发生时，我漫不经心地放过去，不留心，可是一段时间之后，等它们在抽屉里待得陈旧发黄，变得不那么清晰了，我才会将它们重新拿出来，审视与注解，在一遍遍回味中，给它添加含义，普通的时刻也变得非凡起来，成为生活的一个个表征，但也因此，过去笼罩着一层滤镜，且在反复的审美中，不断添加虚构的细节，使得这层滤镜越来越厚，直至失真。今不如昔，我总是有这种感觉，对过去的生活、过去的我们，都眷恋无比。

我回忆起我们的第一次见面，在H城的一家咖啡馆，烟柳时节，空气温暖，梧桐树的飞絮泛滥成灾，整座城市都毛茸茸的，那东西很讨厌，引得人不断打喷嚏，却叫人无可奈何，户外没有办法久待，我躲进了咖啡馆。当时，咖啡馆里只有三个人，你坐在最里面最暗淡的位置，我注意到你，因你生着一双黑晶的大眼，嘴角上扬，脸上淡淡的喜悦，一直看向窗外，我顺着你的视线看去，那里只有一条黄狗，趴在水泥地上，卷着尾巴兀自熟睡，你因为抽烟被服务员请到门外，落拓地席地而坐，和那条黄狗一并晒着太阳，阳光逐渐落下去，呈现出一层淡淡的橙色的晕，你抽完了一支烟，如金色的塑像，一动不动，咖啡馆里正在焙豆，空气里都是微微焦苦的香味，咖啡师们正在用白巾擦着咖啡杯，不知道为何，音乐也消停了，那个时刻不可思议的洁净与静默。十几分钟之后，你起身离开，消失于山道氤氲的绿意里。

这只是一段小小的前奏，即便我们不再相遇，我依然会记得这个初春的傍晚，它有些微迷人，以至于每个细节——颜色、气味、声音我都记得清清楚楚，也无法分清，哪些是真实，哪些出自于想象。它是果的因，是麦芒与针尖，有这个傍晚的加持，再次见到你的时候，我才会觉得格外特别一些，在人海中两次遇见同一个人的概率太小，两个毫不相连的人之间隔着无数的帷幕，需要一些巧合来刺破。

晚上，北京的Z君约了见面，他难得来一次H城，因而约我出来见面，一起吃个饭。Z君曾与我在北京短暂共事过，是个风趣又混不吝的人，后来我迁徙到了H城，再也没有和他见过面，他刚刚辞职，准备在江浙沪一带旅行，顺便拜访一些朋友，不知道从哪里找来我的联系方式，一定要约我见面。Z君打电话给我，自来熟地像是我们前一天才见过面，他说："我还约了另外两个朋友一起，你不介意吧，我想你们都在H城，相互认识一下，交交朋友也好。"我没拒绝，夜里，收拾得干干净净去到饭店，位置上坐了三个人，除了Z，还有两个人，你和洛山。洛山比你要英俊得多，头发理得清爽，连鬓角和胡须都仔仔细细地修过，手指轻佻地捏着酒杯，我走过去时，他朝我看过来，自然而然地从头到尾地打量，心里已打好了分数，那分数一定不高，因为他之后便再也没有正眼看过我。

"我的前同事，洛山。现在在H城的某大公司工作。"Z说。

Z介绍完洛山，指着你正要说话，我打断他，看着你说，我下午见过你，下午四点钟左右，你去了珑山路上的那家咖啡馆，你因为抽烟，被赶出了门外，你坐在一条黄狗的旁边，抽完烟，晒了会儿太阳就走了，是不是呢。你的眼睛在咖啡馆的灯光之下映着光，我很少看到这么漆黑清澈的眼，当它注视过来，便从瞳孔的深处释放出一点笃实和关怀来，这样的眼睛嵌在一张并不出众的面孔，于是这张面孔也有了生气和光彩，无关美丑。

"是呀，你也在那里呀？"你觉得诧异，微笑着。

Z与洛山也觉得有趣，没想到竟有这样的因缘。

你的话并不多，坐在最里面的角落里，不苟言笑，也不善言辞，偶尔插句话。Z说起他前几天在上海的经历，半夜突然来了兴致，凌晨两点打车到郊区，独自在黄浦江边散步，走在堤上，一不小心竟然跌进河里，鞋子自然全都湿透，裤子也沾满了黄泥，偏偏手机也进水坏掉，钱包掉进水里丢失了，身份证和银行卡都在里面。举目无人，因为没钱，不能打车，Z只好靠着记忆，穿着湿冷的衣服慢慢往回走，其间多次迷路，约莫走了六七个小时，才回到人民广场附近的酒店，那时候天已经亮了，街上满是匆忙通勤的上班族，大家都看向他，不知道他从哪里来。

我们都笑了，这样的奇遇大约只可能发生在Z身上，他总是做出一些出乎意料的事情。我们都喜欢Z，他混不吝的气质，自由里又混杂了无可诉说的寂寞，好似一只聒噪的蝉，四处都可听见他的声音，然而你不知他究竟歇在哪棵树。

Z说："在人人都很体面的静安寺街头，我一个疲惫的泥人这么缓慢地走，裤子上的泥巴都干透了，结成了泥痂，走路的时候一片片剥落下来，周围人的目光都聚集到我的身上，只是因为我身上有泥点子，看到他们那么惊诧，我还以为自己在裸奔。不过上海的街道是不是天天都用水冲过，整洁得没有灰尘。"

我感到你的目光温暖地扫过我的面孔，我因此竟然微微脸红，好在灯光是暖黄色，照不出春色。

我想出去走走，以免被他们发现我脸红了，便问Z："还想再来一次吗？"

洛山拍着手说："太好了，晚上我们一起去走H城的杭河堤吧，希望这一次不要再掉进水里。"

饭后我们一起在杭河边散步，远处一座大桥装饰着蓝色的灯带，夜晚的江风有些凉意，吹得人醺醺，江对岸的灯火远比此处繁盛，深蓝色的山起伏不休。你们三人走在前面，聊着专业的事情，我插不上嘴，走在后面，观察你们。你们大概把我忘记了，借着酒意微醺，说到兴头儿上，话语已经起飞，无论是你们，还是这个世界，前途都一片光明，Z和洛山都手舞足蹈起来，声音越来越响亮，我也受了感染，竟觉得那个春天尤其生机勃勃。你们所从事的都是互联网，至于前端后端开发之类的细分，我一直没能搞明白，至今如此。而那一年正是互联网起飞之年，许多新奇的概念纷纷掉落，匆忙地改变我们的生活，好像变成了万能的解药，我和许多人一样，迎接、理解、困惑，也被淹没。你们站在我的面前，说着那些我完全不懂的词汇，我对你们充满好奇。你抱着臂，总是站在他们的反面，但你并不是否定他人，只是慢吞吞地阐述观点，述说自己对整个行业的担心，你比他们保守、迂讷，不信任未来。你向后看，注意到我，退后几步，走到我的身边。

“会不会觉得无聊呢？”你说。

“还好还好。”

“其实还是无聊。有时候我也觉得无聊，但工作没有办法。乐趣也有，把事情做好总是会有乐趣，但有限和短暂的乐趣也不能化解无聊。”你转过话题，“傍晚你真的看见我了？”

“对。”

“我走在人群中不怎么会被人注意到，身高与相貌都不出众，应该是那种过目即忘的人吧，所以你说你记得我，挺意外的。”你说。

“你走出去，席地坐在一条狗的旁边，正常人一般不这么干。”

“那么你就是说我不是正常人。”

“很正常，正常过头了。”我笑笑，“只是那个时刻，有些特别，有点儿孩子气的率真。”

你笑了笑，说：“我只是想晒太阳，狗趴着的那个位置没有树荫，最舒服。”

我指着十米开外的Z和洛山说：“他们聊得真开心，你好像没有那么大的热情。”

你说：“是，一向是这样。譬如，我的身上就不会发生Z那样的奇遇，我不会让自己陷入那样的绝境。同理，我也不会对事物有绝高的期待。因为我并不相信横空出世，或者颠覆世界，归根到底，途径和工具的作用始终是有限，所以无论大家觉得互联网将如何改变世界，蕴含了何等巨大的机会，我也不能够完全地投身在里面。我怕大厦倾塌，压死自己，虽然现在我还在行业里，但我总觉得那是一场集体想象的美梦。梦想家去改变世界，而维持世界，则是靠我们这样的人。这里自然没有高下之分，有他们辟出领域来，才有我这样的庸人的容身之处。”

“完全不了解，听上去好像《黑客帝国》。”

你的脖子上挂着薄薄的一个小相机，跟随步伐轻微晃动，我指着它，问：“平常会拍照片么？”

你说：“对，会拍一些。”

是夜，分开之后，Z给我发信息，问我夜晚是否愉快。我说，还行。我向他索要了你的名字与电话，却迟迟没有联系你。我知道你一定会来找我，在不久的将来，只是不知道你会在哪一天，以哪一句话开始。

Z说："你们在后面聊了些什么呢？"

我打着哈哈，说："聊《黑客帝国》。"

Z啧啧了数声，说："今夜的风真是吹得人舒服，快把人吹透了，你们在后面并排行走的样子，很符合这日的主题。"

"什么主题？"

"春风沉醉的夜晚。"

"被你说得好俗气。"

"郁达夫，哪里俗气了。来之前，我都想好了，一定要介绍你和他认识。"

"为什么？"

"你们，挺像的。"

"我没有觉得有任何相似之处啊。"我叫起来。

"这个要第三者去感觉，你们自己觉得不像是没有用的。"

Z匆匆挂断电话，至于我和你哪里相像，他没有说。之后，我们聊起那一天，你认为这不过是茫茫中平淡无奇的一天，并没有什么特殊之处，许多细节你都忘记了，只记得大致的事件和零星的细节。可你记得我那天的穿着，密不透风的黑色衣裤，脚下着了一双簇新的红色漆皮鞋，鞋子光泽如镜，一直迫使你看向它，那一身的黑也像是专门衬托它。你说，我们是来自两个世界的人，隔着一道门，那双鞋就像是一把钥匙，你可以拿着它，打开门，走向我。这个比喻，连我这惯于修辞的人都被迷住了。

整三个月我们没有联系，你终于来寻我，其实我也没有走远。我能走到哪里去，我只是耐着性子，原地不动，好似也看见你在那一头仔细揣摩，到底该怎么开始。你对我这一端的世界好奇，我能感觉到，你一定已经好奇到按捺不住，急着要跳进来，然而你又不肯冒进，要一击必中，所以花了点时间来瞄准，我尽量站在你的靶心。

你发来一张黑白照片，平平无奇：一个女人戴着大帽子在街上行走，风太大，她低着头，伸出一只手按住了帽子，因为阳光炽烈，照片又过曝，黑白对比强烈，那女人的身影成了剪影，大帽子与风，生出几分戏剧性。这是一个极容易被忽略的时刻，即使被忽略也无关紧要，它也不是苦苦寻觅的巧合，而是被人偶然记录的正在发生。这世界上有无数这样的时刻，这个时刻因为被记录下来而特别。

你问："你觉得这张照片怎么样？"

"有点意思。你拍的吗？"

"对。这两年拍了一千多张这样的照片。"

"胶片吗？"

"不是，数码照片，胶片偶尔也玩，但，工具没有想象中那么重要。"

我问："为什么要发这个给我？"

"不知道和你说什么，想了很久，也不知道说点什么好。Z说你做文字工作，我便想，你们这种人会不会有不一样的感受力？因而也想让你给我的照片提一提意见。"

"我不懂，提不了意见。"我如实回答，"不过，文字工作者的感受力高于常人，是很多人的误区。语言能力与感受力并不正相关，语言是一种工具，以此为生的人只是更熟练地使用工具而已，正如你所说，工具没有想象中那么重要。"

“那天晚上天黑了，拍不出好照片，不然我会拍下你的红鞋子。”

“为什么要拍鞋子？”

“因为反差，你应该是个挺沉闷的人，那天的聚会，你好像很厌倦，但是又不得不忍耐。一身黑，挺严肃，红鞋子……接下来我说的这个词语会容易让人误解，希望你不要生气。”你说。

“不会，没有那么容易生气。”

“骚动。”

我握着手机大笑，觉得这是个可爱又恰当的词儿。

我从屋子里走出来，穿过一片刚刚移种过来的银杏林子，初夏的风中，树叶茂密，林子外是杭河的步行道，正是那个晚上，我们四人一起走过的地方。夏天江边散步的人多，有人垂钓，其中一个老者忽然高叫一声，转动手里的鱼线，拉上来一只四五斤重的大白鱼，白鱼被扔在地上，弹跳了几下，嘴巴开合，如同呐喊，却发不出声音。我想，如果你在，会不会拍下这个画面。我又想起你的眼睛，不知道从哪里得来的光，被谁放在了里面。Z说你刚刚过了三十岁的生日，那犹如孩子般天真的眼备受眷顾，周围连一丝皱纹也没有。我缜密地回忆初次和你见面的所有细节，发现几乎忘记了你的相貌，你曾说过，自己生了一张令人过目即忘的脸。

“我们见一次面吧。”我向你请求。

珑山路的那家咖啡馆是个好地方，屋子里阴凉得很，没有开空调，也没有音乐，只有一架七十年代产的“宁波”牌电风扇在呼哧呼哧地吹，两个咖啡师没完没了地擦着杯子，像是连续擦了三个月未停。我们坐在靠窗的位置，各自点了一杯极苦浓的咖啡，观察零星路过的游人。你的脖子上挂着一台富士相机，却一次也没有举起来。再一次见面，你的头发长了许多，两鬓那里几乎遮住耳朵，几根白发突兀，昭昭岁月之痕。你趁我不注意，好奇地打量我，又飞快地把目光移开，白天的你比夜晚的你害羞得多，话语里竟然还有轻微颤抖。除去那双眼睛，你的额头生得倾斜，如斧凿过，再加上略大的鼻子，面目看起来残留一些原始的粗野，你的脸涨得通红，手紧紧地捏住杯子，将杯子里的咖啡一饮而尽，仿佛那是一杯烈酒，动作笨拙，看得出你不知如何隐藏情绪，这让你有一种天真而乐观的气质——我很久没有碰到这么干净的人了。突然间我们都不知道如何启齿，你看看我，刚要张开的嘴巴又紧闭。

“今天的天气，真是不错。”过了很久，你终于说。

“真不错。”我回答。

我们就是这样开始的。

d

你的呼吸像个孩子，轻盈平稳，薄如蝉翼，一定已经挣脱了梦。你不打呼噜，从来不打，只是偶尔磨牙。我伸出手去爱抚你，就如你爱抚我。我凑近你的脖颈，闻着沐浴液的清香，我张开五指，如蛙撑开了蹼，缓慢地贴上你的肚皮，那里柔软而光滑。你的腰细得像个女人，没有赘肉，肋骨根根分明，像钢琴键，你有深深的颈窝，可以装得下一杯酒，这点也像个女人，你的身体并不高大，然而结实强壮。我轻轻地吻了你的面颊，平躺好，闭起眼，等候着睡意降临。

鹿回桥的阳光酒店是H城最早的滨江酒店，开窗可见杭河。四年前的春末，我们已经约会了好几次，每次约会都避开人群拥密的地方，选在H城里的林区里步行，这是最适合我们的方式，不用把自己套进固定流程，只需一前一后地走，走得汗流浃背，走得双脚发软，虽没有强烈的靠近对方的意愿，却总是在寻找对方的身影，沉默是被允许的，随时也可发起话题，却也可以不说。你表达喜爱的方式老派又坦率，就是不停地将目光栖在对方身上。我们从对方那里获取零星的信息，如许多小块拼图，一点点拼凑出对方的面貌。你比我长七岁，在海边小城长大，在H城读了大学，学的是集成电路，却因为对程序感兴趣，自学了计算机，一直做这方面的工作，这构成了一部分你理解世界的方式。你对我说，这世界是按照复杂的规则运行着，然而bug无数，有时候不得不宕机重启，为了不让它宕机，所以写了许许多多的脚本来修修补补，维持运转，这些冗赘的脚本悬浮在头顶，一次又一次地发挥作用，左右我们的生活，有时候脚本也成为bug本身，这套理论可以套用于分析任何事物。听上去你是一个极端理性、依赖逻辑的套中人，可每当你在路上停留，短暂地被什么细微之物吸引，目光忽然变得遥远，时间为你放缓脚步，甚至停滞下来，我又知，你才不会被那些东西束缚。

两个月后我们再次坐入珑山路咖啡馆，面对着面，目光不再游弋，通过大量的时间，堆砌出了属于两个人的默契。我们明白，再往后我们都很难对谁付出这样的热情、时间和好奇心，这令人安定，又令人惶恐。

清明节后一天，我们在路上走了三个小时，户外的热浪熏人欲困，傍晚精疲力竭地踏进了阳光酒店，定了一个高层的房间，我们决定发生点什么，但还没有做好准备。两个人都累得不行了，洗澡之后，一人躺一张床，连招呼都没有打就睡过去。醒过来天已经完全黑了，我蹑手蹑脚地爬起来，走到窗边，准备开一点窗户。你哑着嗓子说："你醒了。"

我坐在沙发上，说："春天就是太容易犯困。"

我们保持着距离，也没有开灯，窗外路灯的光透进来，屋子里像是浸满蓝色薄雾，太空荡了，需要说一些话来填充。我看着晦暗中的你，感到你也在看向我，心中升起一阵轻柔的爱意。

"我好久没有和一个女孩待在一个房间了。"你说。

"有多久？"

"一年多了。"

"上一次是和谁？"我问。

"一个妓女。"你轻轻地自哂，说，"没有想到吧？"

"没有。"我也笑了笑，"倒是很想听。"

你说，在那次之前，你有两年没有碰过女人，时间长得你都忘了抱着一个女人是什么感觉，欲望被压缩成扁扁的一片，一片接一片缓慢地积压。有时候路上走过漂亮的女人，你看着她们漂亮的面孔和肢体，立刻低下头，把欲望往怀里塞一塞。你担心自己在长久的压抑里变态，便问Z和洛山是怎么解决。洛山的身边不缺女孩，他比你和Z风趣多了，豁得出去，看见钟意的女孩就上前请人喝一杯，被拒绝了也不要紧，但这么做风险很高，容易惹上情债，洛山常常陷入这样的麻烦之中。Z给的解决方案是召妓，这是最节省时间和精力的办法。

“没想到Z是这样的人。”

“他一直这样，我们以为不道德的，他认为正常，有些道德，只不过小范围内人群短期的共识，认清本质之后，就可以随意打破。”

“所以Z是嫖娼的。”

“嗯。”

“后来呢？”

在一个寒冬之夜，你忽然间想起了从前的某位女友，仿佛闻到她头发的香气，你被一种空洞的欲望支配，无法入睡，决定起床去便利店买一包烟。走出巷口时，遇到一个穿着假皮草大衣的女孩，你看向她，她也看向你，她似乎窥破了你的意图，笑起来，开始解大衣的扣子，四粒扣子解完，她敞开了大衣，里面竟然什么都没有穿，赤条条的，阴毛也刮得干干净净，身体冻得苍白。你被吓到，眼睛却无法从女孩的身体上移开，口腔里不争气地分泌出唾液。她合上衣服，说，六百一次。你不言语，缓步跟着她，去她的小屋，屋子里的灯光是桃红色的，肿胀而暧昧，暖气开得很足，始终有一股潮湿之气，她把大衣和靴子一脱，躺倒在床，说，已经在外面洗过了。你坐在床边的椅子上，问她要怎么做。她像蛇一样游过来，替你解开衣服，你这才看清她的面貌，眉毛修得很细，脸盘大，五官却密集地挤在中间，并不算好看的面孔，甚至有些怪异，眉宇中留着无法脱去的俗气。你始终被强烈的羞耻心占据，好像跨过那条线便万劫不复，回归了野兽的本性，你无法勃起，又痛惜那六百块钱，想起自己带着相机，便提出要为女孩拍照，女孩有些丧气，脸上带着假笑，说，好呀，等我穿上衣服。你说，就穿那件皮草大衣——那是你被勾引至此的工具，她僵硬地面对镜头，摆出一些自以为撩人的动作。你拍了几张之后，给她看，她颇嫌弃，说，拍得好难看，脸拍得太大了，而且没有美颜。时间还没有到，你不想离开，她坐在床沿涂脚趾甲，和你聊天。你问她的名字和家乡，她笑了笑，回答说，小丽，然而没有告诉你她来自何处。你问她，你是不是第一个花钱来跟她聊天的。小丽说，不是，附近有几个老头子，早就做不动了，来就是为了看看她，找她聊天，她一般收他们半价。到了时间，你走出门，小丽请你带上门，你回头看了一眼她，她赤着身体，蜷曲得像一条海马，正呼呼地睡着，你举起相机，按下快门。

“那张照片我还留着。”你说，“有时间可以给你看，照片里，她的身体像是某种深海游鱼，发着光。”

你又说：“跟你在一起，我好像变成了Z那样的话痨，总是说一些不得了的事。”

“你记得吗，在杭河边时，Z说我们很相似。”

“哦？他说我们哪里相似？”

“没说。”

此刻已到夜晚八点钟，我们下楼到酒店的饭店里随意吃了一点，点了一瓶红酒，竟然喝完了，回到房间，借着酒精的力，开始触碰，从手指开始，到面孔、到脖颈、到肩膀，把对方当成一个雕塑，一点点捏塑，我感到身体的热和颤栗，不由自主地贴向你，海浪潮汐，或是云气，脑子里全是那些东西，涌动流淌。我们像两团火凑在了一起，积压的爱欲互相汹涌地燃烧，胸口那里沉闷地响动，口唇都干裂了，舌头却柔软。我们紧紧抱着，缓慢地沉入海底。

你好香啊。你闭着眼睛说。

我们在酒店里待了两个晚上，赤裸相对，忘记时间，做累了，就喝酒，喝醉了，相拥着睡去，醒过来，又坐在椅子上看河，用力地亲吻和拥抱。晨昏时刻的河流有着动人的鳞甲，朝我们奔来，又弃我们而去。韶华短暂，我坐在你的怀抱里，或趴在你的背上，或站在你的身边，紧紧贴住你，怀着强烈的渴望，希冀我们皮肤黏着起来，肉体互相融化，最后连心脏也合并为一个。我数着分秒，嘀答嘀答，这样的时刻不会再有，我再也发不出这样的感喟，这便是我们的绝唱。

即便在最亲密的时候，我也会觉得这些不过是错觉，一个人对一个人产生情感，到底是怎么发生的，这份情感既看不见也摸不着，怎么确定存在，它既不是出自于深思熟虑，也不是混乱中闯进来的，它是硬生生植入的。现实中，我们都羞于说出“爱”这个字眼，一次也没有，仿佛那个字是一个禁忌的符号，说出来，即消逝，因我们都是诚实的人，不清楚其中的成分。尽管现在我们已是密不可分，我仍然怀有这样的不确定。

在离开酒店的那个上午，我们又做了一次爱，其实已经没有力气和兴致，只是为了确认彼此拥有，所以需要相互进入，鱼进入水，水也进入鱼。肉体是灵魂的通道，是不是？在乏力的时刻，这个通道堵塞，连欢愉也衰竭了。

你累了，平躺在床上，十二点退房，还有一个小时，我们决定在里面待到最后一分钟，这间酒店客房像是临时搭建起的梦境，充斥着我们的味道和声音，很快，所有痕迹都会被清除，梦境坍塌，我们也会回到真实的世界。你穿好衣服，我们并排坐在窗前，手拉着手，是日，天气晴朗，无风，杭河平静地流淌，对岸的山拥挤在一起，挡住更远处的视野。缄默悄然而来，我们都若有所思。

“我一无所有。”你忽然开口，看向我。

“我也是。”我说。

“我是说真的，我是一个穷光蛋。虽然经济上已经不再困难，但我依然是个穷光蛋，在这个城市，只能自保，稍微有一点余力而已，我不是强人，也没有其他人那么强烈的欲望和好手段去争取更好的物质生活。你和我在一起，不会有多么宽松富裕，如果你在这方面有很高的期待，我恐怕很难满足要求。许多事情，我只能尽力，却不能保证。”你笨拙地说，字字清晰，生怕我听不清楚。

“那些无关紧要。”我说，“不要被那些东西缚住手脚。”

“也许有一天你会开始在意这些。”你说。

我不置可否。

那时候我住在杭河边的一个单间，深夜常有机车队呼啸而过，在夜中拉出一条长长响声，扰动睡眠，神经衰弱大约是从那时候开始。我在这个城市孤独地生活了两年，从二十八层的高楼俯瞰，夏季七点钟、冬季六点，两岸的路灯同时亮起，晴日的傍晚多是血色，阴天又伴有江风。我的那房间，只有十六平米，陈设一个衣柜、一张床，桌子被我扔出去了，因为太占地方，没有书架，书一本本垒在墙边，日久天长，歪歪斜斜，夜中睡觉，最怕的就是书墙倒下来，砸到身上。我买了一面全身镜，贴在门后，有时候会带着好奇的目光打量自己，那张面孔真是年轻，残留着少女时期转瞬即逝的光彩，婴儿肥与唇边的绒毛还没有褪去，双目大而无神，面颊生有细小的粉刺，因为没有修饰，看起来土气而随意，不太招人喜欢。朋友让我好好捯饬，说捯饬完勉强算个中等美女，我笑一笑就罢，从来没有付诸行动。周末我常常坐在江边的长凳上，观察过往的车辆，以及车辆里走出来的年轻男女，面孔精致，头发也根根熨帖，他们看起来像是生活在另外一个更加明亮且散发着香气的世界，与我这里截然不同。我不知如何进入他们的世界，然而没有任何嫉妒之心，我只是一个坐在那张长椅上的看客，如看着江流一般，看着他们亲昵或争吵，相爱或分别，这些事情，只要我想看见，就在上演。不过，我想，有些真是太平庸了，平庸得像是同样两个人，换了两张脸，在演同一个故事，甚至通过他们所有的肢体动作猜出他们在说些什么，感情进行到了哪个阶段。他们把自己收拾得漂漂亮亮，做成一个饵，互相钓，一口咬上去便钩破了嘴唇。我定不要这样的，不做饵，也不做上钩的那个。

我曾做过预设，问自己会钟意谁，想来想去，只觉得应是个内向、率真又坦诚的人。当你出现的时候，一一与预设对应，那双明亮的眼睛已超出了预期。

一无所有，坦率地说，我也是，没有存款，几乎交不起房租，精心计算着每一天的花销，有时靠着刷信用卡才能度日，有些个月份还得举债。从小城市里走出来，父母亲做着不死不活的小生意，不能给予我任何经济上的帮助，他们被生活里琐碎的困苦折磨得皮糙肉厚，感情的触觉迟钝，表达的方式原始，因而连情感的慰藉也少得可怜，此地没有滋养我的土壤，每颗砂砾都靠我自己抓来。我的一无所有，是早早得来的“一事无成”的谶语，比你更加彻底，我不知道如何从这样的困顿中走出来，又没有办法在困顿中心安理得，这种焦虑便看不到头，无法去除。同是天涯沦落人，我与你，有境遇上的惺惺相惜。我那敝帚自珍的心情，又卑又亢，弱小里生长出的一点点骄傲，你是懂的。

还有十五分钟才到十二点，你说，再说点什么吧。

“还有什么可说的呢？”

“你想说什么就说什么，你说的我都想听。”你托着腮，看向我，从我的角度看去，你像个七八岁的小男孩。无论我们知道对方多少事情，我们都无法真正地和对方贴合在一起。代表无限的符号∞是我最讨厌的符号，永远差一点点。

脑海中浮出我们昨夜厮磨的画面，只开着昏黄的夜灯，互相欣赏对方的身体，空调的冷风吹得太久，你背上的汗毛一根根立起来，我伸出手去，抚平它们，你的手也在不停地抚摸我，寻找它的节奏：小而扁的乳房、与这个小身板不甚协调的宽肩、两扇瘦得凸起的髋骨。

“给你讲讲我的第一次，好不好？”

你没想到我会说这个，诧异地点头。

一般十几岁的时候，早则十三，迟则十七八，慢慢就开始喜欢谁了，这应是某种自然规律，初中高中的同学们，互相写情书，明恋暗恋，纸片满天飞，而我对那种情愫却绝缘，怀着某种鄙夷，觉得那不过是动物性的互相亲爱，年纪太小了，人的目光像纸片一样薄，便会沉迷于少年时代里面庞的丰泽和潮红，我害怕掉进那样的单纯里去，更害怕沉迷于浅薄的快乐。尽管在书里读到过男女之间的卿卿我我，却一直没有真实的体会，男孩子们给我写情书，发信息，我都丢进垃圾桶里去，不知是早熟还是晚熟，我把此归结于还没长大，一定是错失了一个环节，或一个仪式，导致一直没办法像他们那样轻易地爱上谁，因而决定在十八岁生日那天把自己交出去，找一个干干净净的男孩子做一场爱，这是我能想到的最亲近一个人的方式，说不定结束之后就开窍了。我早就相中一个人，土木工程学院的一个男孩，比我高一级，我在公共课上见过他两次，皮肤白皙且高大，一口白牙。我注意到他，因他穿过一件荧光绿的外套，那颜色谁穿谁丑，扎眼极了，万紫千红里满眼都是他，老师点名的时候我悄悄记下他的名字，然后校友录里找到联系方式，给他发了一封邮件，将我的计划写清楚，询问他同不同意。

“他同意了吗？”你问。

“同意了呀。他当时还没有女朋友，巴不得。”

我们在学校后街的一家旅馆里开了房间，那家旅馆的名字——HAPPY旅店，“HAPPY”用五彩霓虹棒组合起来，“旅店”两个字却是普通的黑体，组在一起生硬别扭，却情欲流淌，旅店旁边一个小店面，红漆大字写着“性”。旅店的房间都很小，只有一个微型盥洗室与一张床，白床单已经发黄，上面有些奇怪的痕迹，令人不敢细想。我和他都是雏儿，这种事情男孩子比女孩子了解得要多一些，他大致给我讲解了步骤，但我们仍不知道怎么开始，只好坐在床沿上聊天，聊父母、同学、功课、无聊的少年时代，聊着聊着他开始替我解衣服，那是冬天最冷的时候，我穿着厚羽绒服，里面还有两件毛衣，他一层层剥着，好像我是一颗笋，也不知剥了多久，终于剥到里面那块白笋肉。他忽然笑起来——啊，你的身体还像个小孩子——我更没脸，低着头，快哭了，恨自己怎么出了这么个馊主意，十八岁生日，买个蛋糕吃得了。

他站起来，也脱衣服，我别过头去，不敢看。

“你看。”他仍然笑眯眯，“你还可以摸一摸。”

我们开始互相打量对方的身体，像孩子打量新鲜玩具，用的是惊奇而纯真的眼神，那时候还没有食髓知味，不知道肉体之愉，只是单纯地喜爱身体恰到好处的美和洁，如看待古希腊的雕塑、非洲的黑豹、天上的云雀。在旅店泛蓝的冷光之下，他的皮肤越显白皙，几近透明，似乎能够透过皮肤，看到里面蔓枝的血管与内脏，左肩那里，一块铜钱大小的红斑，再往下，是粉红色的乳头、疏于锻炼而略微松弛的腹部、长而纤细的腿、稀松的阴毛，阴毛里一个垂头的玩意儿，他让我拨弄他的那玩意儿。“使劲玩。”他说，我笑出了声，几乎将那条软毛虫打个死结，把他疼坏了。我们做了一个生涩的爱，睡到第二天早晨，之后半年，又好几次在HAPPY旅馆见面，同一房间，除了这里，我们不在其他地方见面。有一天，在开始之前，他对我说：“你有没有想过，把我变成你的男朋友？”

“没有这个打算。”我想了想。

“为什么？”男孩子有些伤心。

“谈不上喜欢。”我说。

“到底什么招你不喜欢。”他的眉头皱在一起，委屈巴巴，令我想起狗来，狗儿们得不到抚摸时，便露出这样的表情。

“说不清楚。”我说，“你挺好的，也许是我的设计缺陷，有一部分失灵了。”

那个男孩摔门而去，我在床沿坐着惆怅，出去退房，又独自去湖边走了两圈，心情才平复，之后再也没有和他联系过，他打电话过来，我没接了，渐渐也就不打过来。

你说：“你那时候在惆怅那段关系的终结，还是？”

“不是为他，而是为自己，我觉得自己有问题，大约有病，说不上来的那种病，心里好像有个大窟窿，一定要找人填上，我疑心，没有人能补得上那个窟窿，好几个人向我走来，却只是同我打个照面，就从那个窟窿里钻出去。在你之前，有几段短暂的关系就是这种结局。心情平淡地开始，猝不及防地结束，一丝波澜也无，像去赶庙会，花花绿绿的游行花车开过去，我在街边看着，向他们挥手，送他们远去，热闹一阵，还要赶回家吃饭。”

我没有对你说的话是——我担心，自己对你的热情不能持久，你也成过客之一。我又告诉自己，这次也许会不一样，适逢其会，我们各自手里握着一根细线，拉着它，一点点前进，我们会穿过密林与急流，在中点相遇——希望如此，事实上，我好像又从来没有这样的期待。

时间正好，十二点，你拉开门，我们一道走出去，就在刚才，我们交换了一些羞耻的小秘密，交换完成之后，我们就是挚友。阳光刺目，你的那辆黑色小车在停车场里晒得滚烫，空气里翻卷着赤浪，迎人扑面，夏天已迫不及待。你打开空调，我躲在树荫下，等待车厢降温，盯着自己的凉鞋，三十六码，所有鞋子里最多的鞋码，辛杜丽娜的脚一定不是三十六码。我忽然觉出自己的自大狂妄来，固执地把自己和饮食男女的世界区隔开，怕落进情情爱爱的窠臼里，恐滚得同其他人一样不堪，我在镜子里那么仔细地观察过自己，平庸得不能更平庸，寻不出一点特异，凭什么非我这一份是特别的，不过是因为我是个自大狂妄的人而已。我看向你，你也看向我，四目相对，天光白日，各自有些疑惑，都在质问着自己，为什么是这个人，或早已有了答案，或从来没有答案。你看，到头来，我还不是扎了进来，与杭河边的红男绿女一样扭捏作态，之前的一切突然变成了庸人自扰。

“怎么了？”你问道。

“没怎么。”我说。

我们快步进到车里，车内空气凉意夹杂着热气，你发动汽车，问我要去哪里，我想了想，说，就去你家吧。

e

露水街在H城的西面，原来是郊区的一个村庄，城区扩张之后，因租金低廉，又变成了初来H城的落脚点，村巷因为违章搭建变成了迷宫，行行重行行。电线拉杂，悬于头顶，多得不得不用绳子捆扎起来，时不时会有短路的刺啦声，水泥街道早被踏烂，低洼处积满黑色污水，路边是各种各样的小贩，贩卖着鲜花、水果、点心，夜晚，深巷子中还有站街的艳女、讨价还价的嫖客，卖馄饨和水饺的摊子上冒着热气。

你带我在里面穿行，也不知道绕了几个弯，才到一户人家前，这是你的住处，我们从楼侧的楼梯爬上四楼，里面一个大通间，被一扇布帘隔成两半。陈设比我的房间还简单，只有一张床，床的里侧堆了些书，能睡觉的只有一半，被褥叠得整整齐齐，码在枕边。帘子遮住的那一半是什么呢，我问。你为什么不自己去看看，你说。我撩开遮光帘，里面竟是一间暗房，软木墙壁上钉着一些已经洗好的照片，光线太暗，不暇细看，我又匆匆从里面钻出来。

"我这里从来没有别人来过。"你说，"还有，我需要处理一些公司里的事务，你自己玩一会儿。"你从书包里掏出电脑，坐在一旁开始工作，皱着眉头，眼睛盯着键盘，手指在键盘上霹雳作响，专注得近乎严肃，然而在专注的间隙，你会抬起头，似是确认我还在屋子里——还在，你低下头去，继续工作。

我翻阅你堆在一旁的一叠照片：桥上举着断臂的少女，地铁里的身着艳粉色旗袍的异装癖男子，高铁大桥下垂钓的人，被七八条泰迪狗包围的男人，穿了一身白色西装的银发老人骑着白色电动车呼啸而过，马路上被压成薄片的大闸蟹，照片自然说不上多么出色，常常出现过曝或曝光不足的情况，不知是否你的有意为之。你的目光无处不在，有时在空中，有时在地上，你温情脉脉，饱含同情，又有一丝不易察觉的幽默和灵光乍现……这就像是灰棺里的那个密室——那双眼睛天真的源泉，这些照片记录的东西并不特异，却是你递与我的钥匙，我翻看那些照片，挑选出其中我最喜欢的那部分，再看了几遍。我也翻阅你的书籍，大约可以分成三部分，一部分是专业书籍，一部分是不同摄影家的摄影集，一部分是哲学类的书籍，有叔本华、尼采、海德格尔，你似乎在思考一些根本的问题，期待文本给予答案，这三部分并成的你也真够无趣。

大约三个小时之后，你忙完工作，合上电脑，坐在椅子上一动不动，目光呆滞地望着我，花了好几分钟才从工作状态调试归来。你有些窘迫，又有些兴奋，从床底下抽出好几个二尺见方的收纳盒，打开盒盖，里面全是照片。

“大部分是数码印刷，不过因为偶尔也会拍一些胶片，堆积了不少胶卷，如果不洗出来，就浪费了，我也想看看数码的效果会不会不一样，开始自己冲洗，结果越冲越多，只能堆在床下。其实冲洗和印刷的效果差别不大，但自己动手的乐趣会大很多。”

无处可坐，我和你挤在小床上，依偎着躺在一起，看向天花板，天花板上用蜡笔画了一个小小的稚嫩的红太阳，应该是房东六岁的小儿子画上去的，不知道他用了什么方法，可以爬到那么高，又为什么画个太阳。那个红日散发着微微的光芒和热量，照耀着我们。

“这些照片你有没有和别人分享过？”

“没有。”你红了脸说，“从来没有动过这个念头，这部分想藏起来。”

“不想让别人看见吗？”我发现自己在你面前也无法克制询问的姿态，咄咄逼人，好在你没有感觉到不适。

“不想。”你说，语速慢，慢得像是每个字都有所思忖，“没有什么值得分享，这些不过是最寻常的时刻，谁都能够看见，谁都有经历，只不过我记录了而已。它们并不属于我，可我又无法克制拍下它们的冲动。我不过是个软件工程师，我没有多余的身份——我不是摄影师，我只是个拍照的人，仅此而已——我是个真正害羞的人。”说完，你赧然一笑。

照片是存在的痕迹，你把自己的痕迹和别人的痕迹交织起来，在你目中，痕迹其实无关紧要，存在过就很美。法身不灭。

“如果有一天你的照片被人发现，而且出名了，你要怎么办？”

“除非我死了，我把它们托付给你，你将它们交出去。”你说，看着我，向我确认是否会这么做，我摇了摇头。

“如果可以换钱，你一定要交出去；如果不能换钱，你又嫌占地方，你可以烧掉，没关系。”

“我会留着。”我说，“一张也不扔，直到我也死了，然后由别人发现。”我们一起笑了起来，那感觉像是两个人一起掘出了一座宝藏，却最终决定封锁入口，只有我们知道位置，然而我们谁也不告诉，拥有这天大的秘密比拥有一座宝藏快活得多。

“我这个行业，互联网，行业知识的轮替，技术的更新，比其他行业来得更快，一年如七年，所以叫作‘狗年’，必须去了解那些东西，否则就会被抛下，所以这个行业常常有一种争前恐后的焦虑感，越往上走越是如此，人变得粗糙简单，连感受也快要消失。我常常觉得自己像是被什么东西碾压，凭着一口气，没有被碾碎。拍照片，不是去寻找第二条路，而是把自己往回拉一点，一直提着一口气，别被碾碎。”

令人想起薇薇安·迈尔，那个四十年间在纽约街头拍了十五万张照片，生前籍籍无名，死后却名声大噪的女人。不知道她留下那十五万张底片时，有没有过一丝丝促狭的顽童之心，预期到众人见到这些照片时的表情。

在那个瞬间我明白了Z所说的我们的相似之处——我们都是分裂的，把一部分从真实而琐碎的生活里抽离出来，流放到孤岛去，我们既随波逐流，又特立独行，甘于自己的渺小和无力，年少时候的灵光一现随着年纪的增长正在飞速逝去，我们不得不忍受沮丧，分明地知道自己永不能完整，不得不直面分裂带来的痛楚，于是心灵滋生出奇特而坚毅的信念，必须要在这条路上走下去，绝对不回头。

我依偎着，靠你更近一些，手拳起来，放入你的手心。

“什么时候开始拍照的呢？”

你从床上跳起来，翻出一个密封箱，在里面找了半天，拿出一台红色的傻瓜相机出来，这台相机就是起点。你说，自十一岁的时候得到这台相机，拿着它在街头闲逛，不住地按下快门，费完了胶卷，攒了钱去冲印，得到数十张黑乎乎或白刺刺的废片。我便想象着那个场景，瘦柴的少年伢子脖子上挂一个相机，透过取景框看待世界，如初见一般热情。你拍了些什么呢，午睡的狗，打牌的老人，高墙里伸出来的石榴，塌圮的墙。我摩挲着这台红色相机，红漆褪色且剥落，快门已经生锈，依然能够正常使用。那是十几岁的你的分身，它完好地躺在我的手上。

“得到这台相机纯粹是偶然，我爸是个修家电的，一直都给别人修理冰箱、彩电和洗衣机之类，有一天，有个人拿来这台相机，问能不能修好，我爸看了一眼，说不一定，那人说，那就放这儿吧。后来不知怎么的，竟然给我爸修好了，但那人一直没有来拿，我偷出来玩，玩着玩着就上瘾。

“不过我上大学很长时间都没有玩摄影，一直到第一家公司，和Z同事，才又重新开始拍照。Z对我来说，是很特别的存在。”

在这一点上很是奇特，因为你很少热烈地表达感情，但你每次提及Z，眼神都会格外殷切，你对Z的感情不一般，这种“不一般”自然和对我的“不一般”不一样，我却心生嫉妒，因为我参与得太晚了。起初，你、洛山进了同一公司，进了Z所在的项目组，Z比你们小一岁，负着“天才”少年的锋芒，已早早从大学毕业，做了项目组的组长，举重若轻地做着最有技术难度的工作。他那混不吝的性格也在某些时刻散发着和常人不一样的魅力，他什么都不看重，似乎一切都来得比你们轻松。你和洛山自然而然地被他吸引，讨论一些技术上的问题，Z带领你们，教会你们，久而久之，成了松散的小团体，那时候Z虽然已经出现厌世的倾向，却没有像现在这样乖诞。Z瞧不上你们，话语中总有些若有若无的贬低，可他又怕寂寞得很，时常拉着你们，下班之后一起去喝点小酒，你和洛山关注的话题，他一点兴趣也没有，你不知如何和他靠得更近一些，却有和他亲近的愿望，你好奇，像他这么聪明的人，到底生了怎样的眼睛，怎么看待世界。你那时候还对一切都好奇着，技术、工作、女人，因为年轻，又对未来有着迷茫而浩大的企盼，可是Z却散发着一种阅尽沧桑的暮气，似乎一切都经历过了，对他而言，已经没有新鲜的事物可以触动到他。有时你与他对视，完完全全地落了下风，你觉得自己衣不蔽体，热情被冷嘲，少年心气变了笨拙，然而你无法厌恶Z，你甚至有些神往。

那时，你和洛山租住在一起，洛山交了个女朋友，常常跑去女朋友那住，一去便是十几天不回，你倒也乐得自在。Z有一次来找你，你突然发现自己从来没有单独和他相处过，没有了洛山在场，你不知道该说些什么，只好坐在椅子上，呆呆地望向他。Z自来熟，背着手，像小老头，在屋子里踱，他从书架上抽出一本相册（那是你高中时候自己冲印出来的集子），翻了几页，看着你。

“你照片拍得很好。”他说，“和你闷闷的样子不一样。”

“你怎么知道是我拍的？”你甚觉得疑惑。

“挺好辨认的，是你的就是你的，风格类似于气味，你触碰过的所有东西，你写的代码，你写过的文章，你说出的话里面都有，你拍的照片里当然也有。”Z说，“一定要继续拍下去。”他的音调拉高，以示强调。

你唯唯诺诺地问：“为什么你觉得我一定要拍下去？”

Z带着惯常的嘲弄的神情，眼神从眼角那里溜出去，瞥向你，然而你没觉得他不真诚，他答：“也许有一天，你会发现这是你做过的唯一有价值的事，一切都离你而去的时候，你真正可以凭依的不过是这个。”

你的心脏被人用锤子敲打了一下，你恍惚了一阵子，好像从懵懂中醒过来，在此之前，你的心里总是存着一个疑惑，然而你又无法阐述这个疑惑，你必须先将它找出来，再表述出来，然后才能回答它。你无法解释自己在现实生活里体会到的沉闷，无法解释内心深处无法被满足的总是火烧般的渴求，以及总是不期而至的空虚之感，可Z一下子就点破，你甚至无需再去寻找那个问题和答案。

你问："Z，你呢？"

"我没你那么幸运，我死路一条。某种意义上来说，洛山也是。"

你永远记得Z当时眼底掠过的阴翳，虽然转瞬又变成了平常冷漠又空洞的模样。你想要伸出手去拍拍他的肩膀，但你们之间从来没有过触碰，如果真那么做就逾矩了，你忍住，只是站在一旁，好像明白了Z的深意，又对那一无所知。自那之后，你才又重新拿起相机，直到现在也没有放弃，某种意义上来说，是Z重新发现了你。

"再多说一些你的事情吧。"我说。

"你想听什么？"

"所有的一切。"我想了解眼前的你从何而来，我找到了现在的你，便想溯源而上，了解你到底如何生长，然，我又知道这个问题无从回答，千头万绪，根本不可能找到发端和结果，我不可能了解你的全部，我所期望的只是一小部分。

你枕着臂，盯着那轮"小太阳"，说："话多得不知道从何说起。"

你说，你生性羞涩，羞涩到何种程度，每次从学校回来，都像贼一样溜回房间，遇见了人，远远低着头，飞快地穿过去，以至于你长到了七八岁，邻居才知道你爸妈有你这个孩子。你上初中时，已有了网吧，你偷偷从学校里溜出去玩游戏，被姆妈拿着笤帚赶出来，但你仍不悔改，不断央求自己的姆妈给你买一台电脑。在你孜孜不倦地说服之下，你十四岁那一年终于有了自己的电脑，那时候上网还是拨号上网，你懵懵懂懂地阅读别人的言论，你打开色情网站，对着那些模糊的女人裸体手淫。你也想知道为什么会存在那么一个世界，又开始自学计算机，你学习写代码，你学会写代码，你一天天膨胀，所见的一切涌向你，你像海绵吸饱了水，却不知道如何放空，你被那些东西构成，脱胎换骨，变成了一个与之前截然不同的人，好像无所不能，又好像被隔绝在这座小城。在学校里，你发现自己借由那个虚幻的网络获得了比同学们深广得多的世界，然而你无法对他们说得更多，他们不能全然理解，你将那个四通八达的世界描绘给他们听，他们只能发出赞叹，于是你先行一步，跑到前面去，然后你又察觉出自己的不自由，因为你永远跑不出自己的双足。那时候你的内心常常澎湃着一股热情，迫使你不断地在操场里奔跑，在最快速的奔跑之后，脑中缺氧，视线灰黑时，才能够将这种热情释放。突然有一天，你关掉电脑，对着黑色的玻璃屏幕发了一会儿呆，走下楼去，当时快要接近中午，你的姆妈正在厨房准备午饭，整个屋子都是饭菜的香味，你的父亲正在焊着电视的电路，蓝色的火焰熔化了锌棒，他专注而认真，沉迷于这件事情，没有看见你。你在楼梯口，突然无所适从，不知道如何向他打招呼，你察觉到这里不是你的容身之处，你将会离开这里，至于哪里，你并不知晓。

“‘我’，从这里长出来，虽然很小，但是它出现了，就在那个时刻。”你指着自己的胸口说，“之后，拿着相机，察觉到这个视角独属于‘我’。‘我’一旦出现，再也压不回去，譬如学自行车或者游泳，一旦学会了就再也忘不掉。我甚至不知道那是个什么东西，可是它就是如影随形，在我做决定的时候独断专行。于是，去读书、交谈、思考，想寻找、分析、描画它，可是越这样，它却越变异得无法捉摸，力量越来越大，紧抓着不放，变成了个巨无霸般的怪兽，它强迫我做许多事情，又阻止我做许多事情。”

“让我摸一摸它。”我把手掌放在你的胸口，闭着眼，感受皮肤之下那颗器官强劲地跳跃，扑通扑通，“它有哪些特征？”

“大约是个矛盾体。自由放荡，又被理智牵制；喜爱冒险，又清醒现实；狂妄，又自卑；不安，又躁动……拉拉扯扯，不清不楚。”

“谁不是呢。”我说。

f

我想从高层搬到你的住处，下了置之死地而后生的决心，夜中反复思索，谁的前路不是莽原，总要试过，才知道会不会错，真的败了，逃走就好了。我发信息给你，问我们是否能住在一起。信息刚发出去，我便后悔，又撤回了这条信息，但我知道你已经看见了，你在那头按兵不动，我痛恨自己的莽撞，猜想你或许正在犹豫，不知该如何拒绝，我忐忑地等了半个小时，才收到你的消息。你说："我刚要回复'好的'，你又把消息撤回了，如果你还没有改变心意，我的答案仍然是'好的'。"

你将隔壁房间也租了下来，变为客厅和书房，那段时间我忽然有了归处。如一棵营养不良的植物，忽然被人施了肥，便乐颠颠地焕出生机，连带一直卷曲焦黄的叶子也开始有了绿意，似乎已经忘却茎干早就缺水空心，生机不过是一种假象。

我用褐色的窗帘和深红色的二手地毯将书房变成了温暖的巢穴，摆上在二手市场里买来的沙发和书桌，将墙纸换成了米黄色，你嘲笑这些装饰出自于动物筑巢的本能，自己却沉陷在柔软的沙发里无法自拔，连连感叹，即使简朴，这也是你我的容身之所。夜间，我们在这张桌子上喝茶，说一些有的没的，然后我去工作，你去摆弄你的相机或照片，互不干涉。刚开始还有些不安，另一个人在房间里的存在搅动了空气，互相打搅得心绪不宁，过不多久，便已经习惯，甚而开始享受你的存在，不用回头，也知你坐在离我两米远的沙发上，托着腮，用手指搓开书页，在十几分钟之后翻页，那种微妙的联系，不用看见或听见，生息里黏着，游丝里系着，像是牡蛎壳里的细砂，过了起初细小的硌硬，过不多久，便被包进了软和的血肉里，打磨出光来。那是一种浅显的幸福，然，真是两个人在一起最大的乐趣。

你一直举着相机，我变成了你的拍摄对象。你拍我闷坐的样子，没有洗脸，衣着灰暗，整个人缩进沙发里；坐在书桌前翻阅资料；靠在床沿抽烟；夜里裸着背，像死尸一样趴着；我满脸不耐烦，皱着眉头和鼻尖，面目扭曲；我生着闷气在角落里哭；我愤愤地伸出手去抓你的相机。你放大我的阴郁，在黑白镜头之下，我似乎一直生活得暗无天日，然后你将这些照片冲印出来，和其他的照片一起塞进纸箱，推到床底下。我肯定要问问你，为什么只拍这样的我，即便是荒木经惟拍摄的阳子也是多面的（虽然这样的类比并不合适）。你带着素来的认真，回答说："我觉得那样子的你才是特别的，好像有格外的生命力，而其他时候的你，看起来就很平常。"这回答忽然让我厌恶，使我察觉，这个房间总是另外有一个你，置身事外，站在远处，举着相机，观察我们。

周末时，你扔来一个相机，与我一起出门扫街，这是我们互相理解的方式，摄影确实是一件特别的事，拿着相机，透过取景框，自然而然地会去寻找角度与景致，它实则不追求真实，而是用接近真实的方法表达自我。我永不可能拍摄一张与你一样的照片，我选择的主要拍摄对象是你，你走路很慢，东张西望，猫似的眼睛飞快地变焦对焦，脚步也自然而然变成猫似的步伐，脸上的表情竟有些超然的意味，和平日里举止笨拙的你毫不相似，我拍下这样的你，回到家翻阅照片时，你总是很高兴，即便那些照片烂到要命，你在里面总是脸歪嘴斜，一副恶人模样。大概作为记录者，你很难得有自己的照片。

你拍了许多露水街的照片，街景、人物、静物，冲印好的照片，我在反面用钢笔写上时间与简短的叙述，初不过是偶然兴起，后来变成习惯，写了足有半年之久，譬如："街边那家味道腌臜的盲人推拿店，里面有两个常驻的盲人小妹，其中一个怒睁着眼，瞳孔蒙着一层白翳，面貌可谓狰狞，另一个却生得眉清目秀。她们是否知道自己的美丑，怕是不知道，知道了也没有用。盲人不需要光，所以店里面一直黑乎乎，我们并排趴着，两个小妹用力地在我们身体上按来按去，你为两个小姑娘拍了许多照片，她们虽看不见，自顾高兴”，又如:“卖花的老太太与卖花的小女孩并立而坐，女孩子的花总是卖得比老太太好，归时，老太太从没有卖完的花中拣来一枝最大朵的送给我，深夜里慷慨的馈赠”，所记述的不过是琐碎之事，但我们却用它交融，比身体的结合更加热烈，又比语言的互诉来得婉约，我将照片里模糊的叙述确立下来，把不完整变成完整。原本想一直持续下去，终因热情消退而逐渐遗忘，彼此竟都没有在意，你应该注意到了，但没有要求我继续下去，你更喜欢顺其自然。你从不看我写的东西，却将这些照片里的文字读了又读，然后将这些写有文字的照片另外归档，置入书架。有一天， 我在书架偶然翻到这些照片，将照片与反面的文字细细看过，浓重的倦意漫卷，下午三点的阳光照射进来，在地面投下一个“田”字形的光斑，手指头上也沾上了轻微的热意，我睡了一大觉，醒来之后，便明白你恋恋不忘的是真诚地无我地相爱，企图无限靠近对方的傻劲，那段时间我们确乎是浪漫至无可救药，知不可为而为之。

想起来，最初的那段时间我们的言语反而最少，有种怀旧般的安静。

你把我的照片装入镜框中，挂在墙上，整个房间的气压都低下去。算了不要挂了，我说。我把照片撤下来，寻了几张你从前拍的艳丽喧闹的街景照片替换上去，房间里这才有些生机——我比你更难面对那个郁郁寡欢的自己。

我是向来如此，还是逐渐坏成那样，可以肯定，在初识你的时候，已经有了倾向，不然你也不会注意到我，你的眼睛那么厉害，总是能看出普通里的特异，虽然你总是不肯承认自己会被这种特质吸引。

多半是天生的，我猜想，一种心灵上的痼疾。翻阅我幼年留下的照片，很少有笑脸，如果有，也是勉强地扯开嘴角，面目可憎，是个不怎么开心也不讨人喜欢的小孩，这种对欢乐事物的免疫从五六岁就显现出来，到十几岁时，便再无转机。不过那时候还只是内向，硬要寻个什么人为缘由出来，恐怕和幼年时期父母亲的疏于管教有关，他们出外谋生，便将我一个人锁在家中，因而漫长的童年我几乎是独自度过，小时候自然也不知道什么是孤独，站在窗边，看着楼下的孩子们成群结队地喧闹，习惯了这样的视角，渐渐也不再想和他们混到一起。孤独失控之后，蚀出一个大洞，不知道能向谁去索取，由谁来填满了。越到后面，进入到人群之中，越至于孱弱，越觉无能为力，亦常常显示出一种事不关己的模样来，干脆躲在这些无意义的文字背后，不断向内去窥探混沌不成形的自己，越窥探，越空虚，内里空洞，无可凭倚，抱残守缺，日益加重了“病情”，像漫长的感冒，说不上多么严重，却总是气息贫弱。

有时候这种低沉的情绪会持续一到两个月，其间，做什么都觉得没有任何意义，听不得除你之外的人声，因而连正常的生活也需要勉力维系，我会把所有的家务推给你，将自己锁在房间，像冬眠的蛇蜷成一团，从晨到暮，缓慢地蜕皮。你上了一天班回来之后，呼喊我的名字，得到我细弱的回应之后，便挽起袖子洗衣做饭拖地，然后把晚饭端到我的面前，陪我说几句话。这大大缩减了你的个人时间，你既不喜欢做这些事情，也不擅长，你弄出了一些声响，声响穿透墙壁，进入耳朵，我听得见你的不满——任是谁都会不满啊，你又不是圣人。你把这些不满也压缩成一片片，贮存起来，表面仍是那样无忧无虑的模样，然而眉间一道新近长出的皱纹，却使我知道，你已经被阴雨淋湿了。

有时候向人群里去，发觉这种孱弱不止出现在我的身上，路旁的行人莫不在表情之下藏着暗淡和悲戚，只是我不是个容易取悦的人，至少买口红或者聚会并不能使我快乐，这种孱弱和厌恶便被无限放大，向着畸形的方向发展，逐渐侵蚀了健康，于你于我，都是苦不堪言。不过，“感冒”会突然自愈，总是在某个连绵阴雨天气之后的大晴天里，手脚生出力气，推开门，迈出步子，从暗穴中钻出来，走到日光之下，抬起眼睛，向太阳直视，炽烈的光照到心底，又是明媚的一天，之前的一切都不过是一场易散的灰霾。情绪好起来之后，压抑的生命力蓬勃探出触角来，人又活蹦乱跳，带着惭愧的心意，想将失去的时间补回来。在那些天，我要做好多事情，工作生活，通通换个样子，会花上数天的时间，将家中打扫得一尘不染，所有的东西都归置齐整，而积压的工作，也用最快的速度完成。这种病态的决心连我自己都觉得不合时宜，你在回到家时，看到洁净如新的家时，脸上浮出的是忧虑而非赞叹，用你的话说，“正常过了头”，如果这种活力能够正态分布就好了，哪怕平淡一些无聊一些，也好过现在这样。

两年前，我向公司申请，由坐班改成了在家办公，开始每天往图书馆跑，不用再面对同事们，不过也因此，这份工作常常岌岌可危。失眠日益严重，体重一天天掉下去，几乎瘦成皮包骨头。你不知道怎么办才好，满含怜悯地看着我，想尽了法子让我高兴一点，给我买礼物，带我去见朋友，周末一整天都陪着我，干巴巴地讲了许多工作上的琐事，我们相坐在一起时，一旦有超过半个小时的沉默，你便小心翼翼地提出一个话头，如被沉默惊吓了似的——“你知道么……”“嗯？”我回答。你为我做得越多，我越愧疚，你的殷勤里常常隐含着责备，潜台词是“我对你已经这么好了，你为什么还没有好起来”，哀其不幸怒其不争，偶尔从你眯起的眼睛和陡然变高的声调里泄漏出来，我便针扎了指尖般疼，我那种惶惶的表情也被你捕捉到了，你的表情马上和缓下来，眉头向上攒，包含歉意，而这歉意又提醒了我——在你眼中，我是个病人了，必须要特别关心和忍让。

在夜半时，时间一分一秒地流走，我只能使劲抓住我的唯一所属——你，我紧紧地抱着你，长臂猿似的裹着你，半睡半醒之间，你发出不耐烦的呓语，然后用力将我推开，背过身去，沉沉地睡。被拒绝了，我想，心下又明白，那不过是熟睡之后的正常反应，然而还是失落，睡梦中的你和我隔得很远。

“我们去爬山吧。”有一天你突然跑过来说，目光随之望向窗外，落到远处，穿过鳞次栉比的高楼，似乎已经看到了远山。不知道从哪里来的信心，你觉得那便是治心的良方，你希冀我的目光从自己身上移开，在辽远或者险峻的地方自然痊愈。在长达两年的时间里，我一旦陷入低迷，你便会整理行装，带着我去山里，脱离人群，关闭手机，度过两个人寂静无言的一天两夜。起初，这样的短期旅行确实会有效果，但后来的效果也不佳。山中的翠色与云岚能让人恢复一些活力，自然的一切都像是柔软的棉花包裹住我，在空旷无人之处，正可以毫无保留地袒露自己的孱弱与无能，因为对象根本不在乎，它的存在永恒，无所畏惧，无所遮掩，而我渺小，我的孱弱更加渺小，极大和极小的对比，反而让人失去了紧张感，彻底放松下来，因此在山里我能恢复一些活力，回来的状态反而更糟糕，恰似饮鸩止渴，毒发不在一时。

有一天，我们一起陷在沙发里，窗外下着小雨，雨滴落在铁制的雨棚上，发出小鼓般的声音，我们很久没有这么靠近，我侧躺向你，枕在你的大腿上，你抚摸我的额头，将我额前的头发往后捋，轻柔地夹在耳朵后面。

“你要不要……去看医生？”你忽然开口，口气假装若无其事。

我说：“看过的，没有用。”

“好好找过原因么？”

“这个不好回答，层层相因。”

“我好像从来没有碰到过你这样的问题，如果真的有特别难过去的坎，那就不要去想了。”你说，“想了也没有用，只会让事情变得更加糟糕，过于关注自己的人才会陷入这样的内耗，你是那种一定要做成某件事情，没有做到就觉得煎熬的人。我毕竟比你多活几年，时间放得长远一点，站在远处看，就会发现很不值得。”

“人和人不一样。”我顿了顿，继续说道，“你说的我都明白，我会好起来。”那一刻，我有些嫉妒你，同样是在自我发掘的道路上成长起来的人，你却生长得这么强壮。

“本质上，那是一种自恋。”你下了论断。

“嗯。”我说，“很辛苦啊，碰到我这样的人。”

你笑起来，眼角的鱼尾纹都皱了起来，可以看出，这笑容发自内心，你说：“有时候会怀念一个人的生活。以前是自由一些，但现在也很好。是我发现了你，自发地走向你，老实说，一开始我就已经预料到现在的局面，然而我一刻也没有产生过离开你的念头。我也是个很讨厌的人，过于正经无趣，活得小心翼翼，想要控制情绪，却没有成功过，你这么敏感，我露出来那些尾巴早就被你抓住了，你也在忍受我吧？”

我心照不宣地笑起来，因为我也怀念过独自生活的日子，回味过干枯而略有咸味的孤独——抽离于人群，貌似清醒，只需要面对自己。但我也从来没有想过离你而去，或说，也许我已经离不开你，我们已经生长到了一起，连我的抑郁，有一部分也是因你而起，又有一部分因你而痊愈，然而也从来没有想过抽身离去。有时候我甚至在想，我消沉成这副模样，是不是也是一种任性，吃准你不会离开，干脆跌到谷底好了，只要不跌碎，仍可挽回，毕竟以前一个人的时候，无论怎么消沉，我都提着一口气，绝不让水漫过腰际，眼下，几乎漫过了脖子。

“你是怎么就料到现在的局面？”

“第一次见就知道了，你用力掩盖自己的无助，想依赖别人，却不敢，只好装成那副样子。写代码也有这个感觉，程序跑不起来，问题出在哪里，心里其实一清二楚，回到最初的忧虑，一抓一准。每个念头都指向了最终的结果。”

“不要说这么无情的话。”

你用热乎乎的手掌贴着我的额头，说：“你好像哭了。”

“没有，眼睛睁太久了。”

“我不会抛下你。”你叹了一口气，说。

上瘾，你将之述为，血内之毒，想象力被钳制了，再也无法想象没有对方的生活，尽管目下的日子显得灰旧破败，但总能寻出好来，一旦想要逃开，又有无数的触角伸出，将人抓回原处，你觉得厌倦吧，然而又眷恋被人如此深重依赖的滋味，久而久之，竟也体会出甜蜜。

我必须得说，我们都是无趣的人，日子长如死水，只有微澜，然而那件事情我却记得特别清晰，因为它一直未完成，却在很长时间里成为了一个漫长的指望、招魂的灯。夏末的一日，你和洛山在酒馆里见了一面，带着醉意回到家，躺在床上，我在书房，你把我叫过去，拉住我的手，定定地看向我，足看了五分钟，眼中蒙着一层狂热的雾气，这层雾气挥手之间散去，又恢复了平日的清亮。你问我，如果突然间很有钱了，要怎么支配这笔钱。

我尽可能地去想象，想象一个巨大如山的数字，百万千万亿，一个数字之后跟着许多零，这些数字像是一团混沌不清的热病，使人烦躁，然而这烦躁究竟意味着什么，我并不清楚，因而只好回答：“就现在这样也不错。”

你牵着嘴角笑了笑，说：“我们想的一样。这笔钱不用多到不可想，我们可以拿它在郊区买一个房子，一楼，带个小院子，你有一间独立的书房，从书房的窗户看出去，可以看到树林与河流，清晨和傍晚时你可以出去走走，散散心，如果你对乡下的生活感到厌倦，我们可以再回露水街住一段时间——这样，你会不会好起来？”

我跟着你描绘的图景看去，心里热意流淌，顷刻又想，这可真是热病，为什么要做这样的妄想，你跟我都没有在这个时代赚得这么多财富的能力和欲念。

“你酒喝太多。”我说。

“今天洛山提醒我，我入职这家公司的时候，曾经得到过四十万股期权，我一直没留意这件事情，因为大部分期权之类都是空头支票，而洛山说，根据内部消息，这家公司未来两年应该会上市。”你从床上跳起来，快步走到书房，在书架上翻拣了一会儿，找到一个牛皮档案袋，抽出里面的文件，是一沓合同，你翻到其中一页，指着那几个数字给我看，说：“公司上市之后，如果股价值五块钱一股，这里便有两百万了；十块钱，四百万。”我看过纸上的数字，只觉得那字很小，光线昏暗，竟看不大清楚，却像你一样，手指轻轻划过它们，好像能摸出那几个字的凸起，指肚子被摩擦得热乎乎的。

在那段时间，互联网确实缔造了许多神话，风忽然刮起来，原本无望成龙的人被吹得一夜暴富，成为新贵，或许，靠合同上的那串数字，我们也会有这样的运气，拿到一笔近似于天上掉下来的钱，按照你画的那张图景，改头换面，换个活法。不过不要太在乎它，太在乎也许会失望，心里知道有这么件事就好，你说。这话听来是安慰我，也是安慰你自己，我们不能全心都被这个梦吸走了。

有了这个虚伪的指望，我忽然很俗气地康复了一段时间。有数日夜间，睡觉前，我和你躺在床上，各拿一支彩笔，你一言我一语地将这个梦幻填充真实，我说院子必须要种月桂树，桂树下还要一畦韭菜，你说要一间独立的暗房，最好放在地下室里，院子里种上常青的草，草上铺几块石板成路，一直通到屋子门口，还要挖一个池塘，池塘里种着洋水仙，屋子里摆什么家具挂什么照片也商议妥当，至于窗外的景致是什么样子——高俊的水杉和幽绿的湖，我们一一画了出来，实际上，我们都知道不可能有这么个地方，干脆将它完全幻化，置于不可及处，称它梦园。梦园是个原点，我们倚着它一点点画出日后的轨迹，虽幻犹真，那真是奇怪的感觉，我们没有一刻相信它存在，也不再想将它变成真实，却常觉得在那里栖息过了，里面的一花一木一石都是我们筑起来的。雨后，梦园后院的竹子被冲刷得晶亮，叶尖垂下一滴水，犹豫了许久才掉落，落在石阶上，淅淅有声，闭上眼，情形真切。

两年过去，时间证明我们不是那样的幸运儿，公司上市的希望越来越渺茫，心里却不觉得失望，毕竟那未曾得来的数百万，为我们造了一座完美的花园。有时候我心下嘲笑你我，真是够阿Q，想到就算做到，后又思量，未尝不可，真有了，肯定不是梦中那样，也就暗自原谅了。我们真是傻子。

想起阳台上种的一盆金银花，花市里被人抛弃在路边，叶片残存几片，枯黄卷曲，看起来是难以救活，我们搬运回来，花盆碎掉了，你用铁丝箍紧，施肥浇水，没有想到伊居然在春天里迸出了许多嫩黄新叶，到了初夏，竟然开了一树的花。在尚未燥热的时节，我和你一同坐在这棵死而复生的花侧，手扶着栏杆，风吹拂头发，在四楼的阳台上看落日，耳听的是车流和人声，不知为何，心里澎湃着淡淡的哀愁，这画面恐怕镜头难以记录，那时候我便想，一定要记下这个时刻，不要忘记。

我曾梦见过几次露水街，和你手牵手在深巷中走，跫音回响，转过一重又一重，永远也走不到尽头似的。我问你，什么时候到呀，你说，快到了，快到了。走得双腿酸麻，直至惊醒。

那时这条街最外沿的墙壁上，已经被红漆刷上了“拆”字，大家仍顶着这个“拆”字平静生活，日复一日，没有任何变化，仿佛那个最后期限不会到来，我们也是一样。一年之后，果然开始驱逐人口，又在一夜之间，拆得一干二净，我们重访故地，露水街已成了忙碌的工地，街道外用蓝色铁皮包裹得严严实实，那些人呢，一个都不见。露水街，果如露水，一夜蒸发。搬离露水街时，我想把那盆金银花带走，你不肯，说留给后来人吧，其实都知道没有后来人，我想它一定被埋葬在这片废墟之下，被混凝土凝固在黑暗中了。

g

有点困意，身体无法动弹。

轻微的耳鸣袭来，只能静静等待这白噪音消失。天已经不是纯黑，而是黑中泛青，一丝光从地平线的角落漏进来，再过一会儿，便会渐趋绸蓝色，微云片片，光明即将到来。你怕是又开始做梦了，将我的手攥得紧紧的，据说越近早晨，梦越长，所梦之事越像是自导自演的电影，因为快要醒来了，身知是梦，便肆无忌惮。

此时，凌晨四点三十二分。

有时你醒过来，还记得那梦，便会讲给我听，总说得十分简略，如又梦见某某，又去了哪里，见了谁。似乎你总是梦见过去的事情，梦境里都不曾对现实做过更改。唯梦见Z的时候，情况不一样。前几天，你梦见同Z一起在江边走路，Z站在堤岸上，忽然向江中走去，你怎么呼喊，他也不回头，你的嗓子都喊哑了，双脚迈不动步子，只能眼睁睁地看着他消失在水中。你醒过来，眼角带泪，说这梦是如何像真实。我安慰你，这是一个典型的忧虑梦境，你只是在担心Z。

Z究竟去了哪里呢？你问我。

不知道。我回答。

他还活着吧。

活着吧。我说。

三年前，我们搬离露水街，在附近一个更好的小区里找到了住处，那是一间有院子的两室一厅，院子里有前任房客留下来的一棵海棠，因疏于照料，长了一树毛虫，你爱惜花木，花了半个下午的时间摘干净，可那棵树没过几日还是死了，死前倒是开了好几朵赤红的花，一向唯物的你站在这棵树前，长叹一声“不祥之兆”。

Z和洛山说这算是乔迁之喜，特意赶来庆贺，四人在啤酒屋里喝啤酒，各自说着近况。Z自上次离职之后，一直闲晃，跑去天台山的寺庙里出了家，不多时又还俗，靠着以前的积蓄，在几个城市之间来回穿梭，去了内蒙古、新疆和西藏，偶尔打一些零工，维持生计，最近才回到北京，又特意来了一趟 H 城探望我们。

他出现时，穿着一件洗得发白的绿色帆布外套，趿一双黑色拖鞋，背一个薄薄扁扁的书包，头发好几个月没有剃，如杂乱蓬草，人瘦弱又矮小，缩得巴掌大一团，像是远行归来的流浪汉。他一直不肯用手机里的地图导航，每到一城就在报刊亭买一份当地地图，习惯不变，我们把地址简讯发给他，还有些担心他会找不到，到了傍晚，听到非常轻而肯定的三声叩门声，你在书房里整理照片，抬头对我说，这叩门声一听就是 Z，兴冲冲去开门，果然见 Z 倚着门站着，手里拎了一瓶杨梅酒。

那晚我们都喝得有些多。洛山新近与女朋友分手，正在苦闷，不过他刚拿到新公司的 offer，又将手中前公司的股票全部出手，在 H 城的城郊买了一座大房，除了感情不顺，一切欣欣向荣，他看起来要正式在 H 城扎根，但他却是三人中最为焦虑的。你们聊起了新的相机、小型无人机和新音箱，技术的革新终究令人兴奋，美好的事物催生了欲望，洛山激情澎湃，你也喝红了脸应和，而 Z 却罕见地一言不发。

你曾经叹息，Z 是你们三人之中最聪明的那一个，到头来他却过得最糟糕。我问你，怎么样叫作聪明？“Z 十几岁的时候就在技术圈出名了，真正的少年天才。他去参加技术会议，别人都叫他 Z 大神，争着和他握手，我和洛山靠边站。”你回答，“但是他一直游离在这些趋势之外。

他是故意的，按部就班的人生对他来说太容易了，因而铁了心要过得跟我们不一样，他决心离开我们的那日，把我和洛山叫去一起吃了一顿饭，他说他要辞职了。洛山问他，要去哪里。Z说，哪里能知道呢，但他绝不在这条路上走了。他很少喝酒，就算喝，也就是少少一点，但那天他大醉了，洛山也喝醉了，我先送洛山，再送Z，快到时，Z清醒了一些，我们坐在树下的一个长凳上吹风散酒，Z对我说，'我多么羡慕你'，我问他，羡慕我什么呢。Z说，羡慕你像块石头。我当时哈哈大笑，不知他是夸我还是笑话我，第二日他辞职，一个月后离开了H城，之后一直处于漂浮无定的状态，他对什么东西感兴趣，就立刻从工作里抽身而去，去弄他的新玩意儿，一段时间之后又再次离开。"

我和Z相识得也还算早，那时候听说办公室新来一位实习生，程序员转行，年纪比我还大几岁，那就是Z了。Z生有一双圆而厚的嘴唇、小而细长的眼睛，偶尔看过来，眼神黑漆漆的，看不到底，不苟言笑，这便很引人注目。我抑制不住好奇心，和Z说上话，其实他并不像表面看来那么难交往。

"在互联网行业比我们这行挣得多，也比我们这行有趣得多啊。"我说。

"嗯，是，不过也就那样了，太阳底下没有新鲜事。"Z陷在沙发里，斜睨着我。

"怎么想来我们这里呢？"

"就想知道你们怎么活的，以及我是否可以这么活。"

后来谈话中又得知Z还跑去横店做过群众演员，写过剧本，当过厨师、建筑师，给物理系的硕士生当枪手写论文，无一例外半途而废，我大抵知道Z只是来这里看新鲜，不会久待，更不会入文字一行，之后与他便再无交谈。我又厌又惧他脸上的笑容，那嘲弄般的神色提醒了我与他之间的智识差别，天赋让他轻而易举地做到我永远做不到的事情，我这一厢汗流浃背地忍受智识缓慢增长的痛楚，他已经跑出老远，想来是有些气人，但心里又有些可怜他，因为这个人啊，好像被一种无形而巨大的力量放逐，他必不能像普通人那样生活。四个月之后，Z从办公室里消失了，意料之内，却有些失落。再与他相见，已是两年之后，就是在H城，我们四人聚会那次，我并不知道他为什么存着我的联系方式。

Z消失了好一段时间，连你们也找不见他，信息、电话通通失联，只有隔三差五会有一条群发的报平安的邮件，邮件如游丝，将Z和俗世的人联系在一起。每次收到邮件，你都很高兴，拉住我说，诶，Z又来信了。Z的信写得极简短，和现实中滔滔不绝的他判若两人。其实我不太关心Z，他去了哪里和我并没有什么关系，然而我受你的感染，忍不住也做出欢快的样子，毕竟是Z将你引向我，我对他心存感激。

洛山喝多了的样子，从鼻头一直红到耳梢，舌头也大起来，酒醉之后，目光涣散，疲态从眼角发梢里抖露出来，毕竟是跨入了三十五岁的人。我坐在角落，观察你们三人的相貌，忽然发现你们竟然是走在不同的时间进度里，Z的头发在几年间迅速变白，变成麻灰色，抬头纹刻进额头，像个四十多岁的人，而洛山苦苦抓着青春的门槛，拼尽全力要在那里多停留一会儿，只有你，赖着那双眼睛，还像个二十来岁的小伙子。三人并排而坐，对比起来，越发明显。洛山劝我们也买房子，他说，不要错失机会，眼下应该置业。你苦笑说，啊，洛山，我们没有钱，你知道我的公司可能永远不会上市了。洛山不肯放弃，继续说：其实凑一个首付就可以，这里有一个门槛，你跨过了这个门槛，一切就会变得轻松起来，然后你们结婚，你们生子，多么好的开始，我也结婚，我也生小孩，我们的小孩可以一起长大，上同一个幼儿园，上同一个初中、高中，一起出国。听来真是美好而无聊的愿景。你继续苦笑：我矮小得连这个门槛也跨不过去，喝酒吧。

洛山转过头来，搂着Z的脖子，对他说："Z，你不要再满世界跑了，安定下来吧，不要再浪费才华。"

Z笑说："对，洛山你说得对，我是扶不起来了，让我也沾一沾你的光吧。"

洛山满足地大笑，喝尽杯中酒，忽然趴在桌子上，醉得不省人事。Z也随之睡去，他日渐苍老的面容在昏黄灯光的调和之下，稚嫩如同婴儿，我忍不住伸出手去，摸了摸他的面颊。然后我们两个清醒的人，缓慢地，一言不发地，将剩下的酒喝完，直到酒吧打烊。

你说，在遇到Z之前，你像一张白纸，傻乎乎。我为这比喻笑了好久，这不就是说Z玷污了你么，那么Z在哪个方面玷污了你。你低头去想，目光在地板上游弋，如从地上翻拣词汇，终于拣到一个，说：自由。某种层面上来说，放弃即能够走向自由，除了这"身"无法放弃，之外的一切都可放弃。然而，令人费解的是，连放弃都需要天赋，因而不是谁都可以得自由，Z却是在“身”所允许的范围内，无限接近自由，地理的自由、时间的自由、情感的自由。也许Z是一朵烟火，骤然升到高空，然后五颜六色地绽放，伴随轰鸣，释放完巨大的美之后，消失于空气之中，烟雾随之飘散，在这世间不会留下痕迹，或许只有我们几人观赏。

Z决定在H城住上一段时间，我们把书房收拾出来给他住。Z是互联网时代稀缺的早睡早起的人，一大早，他会带着他那张地图出门去（不知道他在外面做些什么），直至傍晚时才回来，晚上简易地吃一顿之后，点头致意之后，便退回到小房间去。Z安心于无所事事，这态度也传染给我们，那段时间出奇地轻松，甚至比只有你我时还要规整，日出而作，日落而息，无所思，也不觉得荒废，我的抑郁也在那段时间康复了许多，也许是因为Z。有时候你在客厅里用投影仪放电影，Z也会搬个凳子坐一旁，一人一瓶啤酒，度过夜晚，只是他有心无意地保持着和日常生活的距离，每一天都将行装打点好，房间里干干净净像是没人住过，保持着随时可以撤离的样子。下雨的日子，Z不出门，在房间里一坐一整天，敲打电脑，你问他闷头在做什么，Z答，正在筹措旅费，准备去一趟印度，所以接了一些活儿，正在加班加点地工作，至于是什么工作，你没有问，他也没有说。

“准备什么时候启程？”

“随时。”Z答。

“走的时候记得告诉我呀。”

Z住的书房是隔出来的，那房子原本的格局是一室一厅，然而房间阔大，房东为了租出高价，用三合板造了一面墙，生造出一个房间来，墙壁敲之咚咚作响，几乎不隔音。有些夜晚，我们在这一端，尽管压低了声音，仍有逸出的细微声响，穿透了三合板，到达Z的耳朵。那种事，听见和看见没什么区别。我们知道他听得见，他也一定知道我们知道他听得见。你说，是Z的话，不要紧。为什么Z就不要紧，你没有说。我想象着，Z在那边房间的反应——是竖着耳朵捕捉喘息，还是有些不好意思地埋下头去；他是否被涌动的情欲惊扰，还是岿然不动。不得而知。

你下班的时间很晚，那段时间里我和Z相处的时间更长，有时候觉出Z的眼神有些黏稠，他不掩饰欲望，更不以此为耻，甚至在你面前也是如此，你也不在意。“是Z的话，不要紧”，细细揣摩这话，方才明白过来，Z的欲望是无情的，他不会让欲望跨越情感这道坎，因此你不会不安，正如我也从来不觉得需要将Z的目光从身体上摘除。晚饭后，Z时常乐意与我去三号绿地里散一散步，随意交谈。他也惊奇于三号绿地那怪异的规整，在早春季节，断头柳树抽出芽叶，桃花烂开，路面的沙石里冒出嫩草，太阳落得越来越晚，人在斜晖中，拉出颀长而金黄的影子。他的记忆力好，认得大部分园林观赏植物，和他在一起时，主要聊的就是植物，指指点点，将那石头缝里的草花花也认齐全了。

“他告诉我你们在一起的时候，我想，果然啊，就知道是这个结果。”Z有一次说起。

“你说过我们相似。”

“小部分。”

“到底像在哪里呢？我一直没有搞明白。”

“只有相像的人才能在一起，你和他都是很执着的人，他执着得恰到好处，你有点过头。他告诉我，你病了很长一段时间。”

“嗯，应该永远不会好了。”

Z忽然伸出手来，摩了我的头，他的手掌热乎乎，即便在炎热的天气里，我依然感觉到了。

“嗯……你有段时间出家了，为什么想到去出家呢？”我说。

Z说，他那段时间看了一些佛经，于是想体会一下僧人的生活是什么样子，就去寺庙里打杂了，寺里的生活与外界的生活隔绝，时间似乎停滞，每天都过一样的生活，给他一种错觉，他能够在那里待一辈子，三个月后，住持让他去山腰的佛学院送点东西，他在山道间行走时，有两个年轻的女游客从身边走过，因为天热，她们穿得很少，露着腿，腿是雪白的，琉璃灯一样闪耀，像是从未晒过太阳，他忍不住一直偷看她们，其中一个女孩刺破他，说：“啊，瞧，那个和尚在偷看我们。”然而她的语气欢快轻佻，故意说得很大声，让Z听见，Z干脆站在原地，直勾勾地盯着她们看，她们似乎也喜欢被Z看，特意扭了几下。她们走后，后面几天的早课，Z一边念经，一边想着和她们苟合，想着自己可真是六根不净，那时候他也已经对寺庙生活感到厌倦，和住持告了假之后，立刻冲下山去，再也没有回到寺庙——其实就是将他以前做过的事情再做一遍而已，冲进去，再逃走。

“不想找个人，有个家庭，过安定的生活吗？”我说。

“偶尔想过，再想一想，我过不了你们那种生活，就像你们过不了我这种生活一样，那种被许多人和事拉扯着无法挣脱的感觉，无论如何都不能忍受，这是天生的禀赋吧。要过上人人钦羡的生活对我来说不是难事，可是那太容易了，顺理成章，符合所有人的期待——老天给了你还算聪明的脑子，你得把它用用好，不要浪费它，拿着它去换东西。可偏离它，直至彻底与它相背，那才难，才称得上是壮举，才是我一生的事业，我得保持着方向，不要让自己受到诱惑，可以看看，但绝对不回头。”Z朝我眨眨眼，目光真诚而暧昧，“在你们家这些天，也许是我人生中这十几年来最接近正常生活的一段时间，果然很美好，这么好的生活，你们替我过吧。”

我听完不语，以前在书中看到一则掌故，说的是一个人身上总是火烧般地热，寒冬腊月也是如此，因此不能着衣，只能赤身露体，众人不知道情由，都以为他是疯子，不知他身上有疾。

时间差不多了，我们又往回走去，路上的行人稀少，有一小段路只有我和Z两人，我和Z也建立起一种连接，你和我共同构成了他无法捐弃的一部分。我能理解你对Z的感情——互相遥望，互相理解，无法到达，不可触摸。夜里，我把白日与Z的谈话和你说了，你趴着，将头埋在枕头里，问我：“你说Z……”

“嗯？”

“Z这次来，精神状态很差，你说Z会不会死，或者不再和我联系了，彻底离开我们？”

“不会的，你是他最好的朋友。”我说。

你笑了笑，说："是吧。"

那次Z与我们分别半年之后，洛山突然宣布结婚的消息，他要在苏北老家举办婚礼。我们都吓了一跳，以为在啤酒屋喝酒不过是昨天的事情，那时候他还单身着，怎么就突然要结婚，仔细计算一下，原来已过去了半年，从夏到秋，又从冬到春，我们都太沉溺于自己的生活，对别人的生活进行了降维处理，关心太少，只记得那一两个的大事件。我们先飞去北京探望Z，因为另一个朋友说Z感冒了很长时间，一直没有出来活动，你担心他。

Z住在地坛公园附近的胡同内，街上满是游人，往那胡同里一转，便是一排黑灰小平房，胡同里吹起了穿堂风，迷得眼睛睁不开，门牌号混杂错乱，好不容易才找到151号，进了大门，四合院塞得鼓鼓囊囊，恨不得堆叠起来，你举着相机拍下门口铁桶里长出的丝瓜和拾荒癖老人的宝贝垃圾，在走入暗暗的甬道之后，找到门口粉笔写着"无名"的小屋，粉笔字歪歪扭扭。Z来开门，又比上次瘦了一大圈，指关节凸起且发白，穿着一件脏旧的灰色羽绒服，袖口那里全然磨黑了，他请我们进入屋子，面积只有十几平，腥臭四溢，垃圾已经许久没有清理过。Z盘腿坐在床上，驼着背，我们站立，因为没有凳子，只好居高临下地看向Z，看到他的日渐稀薄的头顶，他那S型侧弯的脊柱，看到另一种选择里的不堪，不过半年，Z近乎衰竭。

"我将去印度了，已经凑足旅费，签证也办下来了。"

"那很好啊。"空气太腌臜了，你待不住，口气敷衍。

"这一次我将重走玄奘当年走过的路，从白沙瓦，到拉合尔、德里、瓦拉纳西、菩提伽耶，终止于那烂陀。"

“为什么是玄奘走过的路？”你问道。

“随便定了个主题。”Z一边说，一边咳嗽，“先到乌鲁木齐，乌市的羊肉好吃，面也好，我知道一个旧书店，会卖一些维文的书，这次去都要重温一下，然后到乌兹别克斯坦……”

你走到门口，打开门，让新鲜空气进来，冲散屋内的秽味，Z自顾自说他的印度大计，目光一直落在灰墙上，在墙上看出一整个印度来，仿若瞧见了德里的高楼、那烂陀红色的砖墙，已经忘了我们的存在，此刻即便是对着两只苍蝇，他也能说上一通。我们待了半个小时便告辞了，Z也未挽留，路过银行时，你说，要给Z打两万块钱，他的旅费肯定不够，还是宽松一些比较好。从银行出来之后，又刮起风来，是从地面扑卷而来，将尘土卷到天上，我抬起头来，看着那片远去的尘，重新掉落。

最后一次见Z是在洛山婚礼那两天，我们抵达那座苏北沿海小城，Z已经先到，坐在酒店大堂，为了洛山的婚礼，他添置了一套红色的丝绒西装，头发也理得整齐清爽，但红色其实并不适合他，我多看了他一眼，觉得他穿着红衣，陷落在沙发里的样子，不吉，我快步走过去，把Z从沙发里拉起来，弄得你和他都一脸诧异。傍晚，你借来洛山父亲的车，载着我和Z去海边兜风，落霞之中，海中巨大的风车孤立无援，叶子缓慢地转动，从不抽烟的Z问你要了一根烟，海风呼啸，吹得手指冰凉，几乎夹不住烟，我们坐在栏杆上，相坐了一会儿便回到酒店。

酒店里，洛山夫妇正在配合婚庆公司，做婚礼最后的排演，酒店大厅搭出一个T形走道，因那女孩喜欢百合花，走道边放满百合花，天花板上挂满紫罗兰的塑料假花，临近十二点，两个人都有些疲惫，因而面无表情，将那过场走完。

“真他妈的累。”下来之后，洛山恶狠狠地说，“这些百合花就花了三万多，从昆明空运过来的，还有请婚庆公司，摆酒席，这一次花费四十万多。”我们俩配合着咂舌惊叹，一时之间，竟有些羡慕他有如此具体而准确的烦恼，因为我和你都在为Z烦恼着，但竟又不知道在烦恼些什么，都是些看不着摸不准的焦虑。

Z以前说，洛山总是能够做出最正确的决定，十几二十岁的时候叛逆之极，一个人从家里跑出去，和父母闹翻，不肯读书，独自一人走完川藏线，又去了新西兰摘了一年樱桃，忽然觉悟，又回学校，自学计算机，写代码，进大公司，勤恳工作，拿到期权，又赶上公司上市，有钱到可以买别墅；他连在女人这件事情上也是，从前迷恋长腿细腰的肉体，和好几个女孩纠缠不清，一大本子的烂情账，结婚却选了一个顶乖巧的姑娘。更神奇的是，他这么选都是本能驱动，顺其自然，而不是出于精密的计算。

你听完，笑说：“我从来没有这样的运气，天生苦命。”

“都是自己选的。”Z面无表情。

我在旁边应和着：“对啊，你们三个人的命还真是很不一样。”

婚礼当日，洛山的西装上别着“新郎”的花牌，新娘穿着租来的白色礼服，两人在门口迎客，看起来既兴奋又有些疲惫，我们将红包递给新娘，获得了准许，进入到酒店大堂，寻了个位置，局促地坐下，等待着仪式开始。那场婚礼和酒店门口的罗马大理石柱一样令人厌倦，司仪不断变换方言和普通话，推动繁冗的礼仪，洛山夫妇像两个提线木偶，在台上尴尬地表演，直至交换了戒指，司仪大喊“新郎可以亲吻新娘了”，他们面面相觑，僵硬地拥抱在一起，当着众人的面，嘴唇飞快地触碰又分离，你举起相机，拍下那个画面，亦拍下新娘笑中带泪，尘埃落定。洛山向我们挥手，我们站起身来鼓掌。

Z参加完婚礼，便乘高铁回北京了，第二天乘坐绿皮火车去往乌鲁木齐，你打电话向他告别，说，原本以为洛山的婚礼会有趣一点点，没想到是一样的无聊。Z说，无趣才是正常，再见了，再见，我的朋友。那时他的火车刚刚驶离车站。你拿着电话，不知道如何回应，不忍心说出再见，你想了半天，沉默，Z在那头也没有挂断电话，在等你的告别，你最后说：“那么，Z，保重身体。”Z说，会的。

整整一年半，我们没有收到任何来自Z的消息，他的电话与邮箱也注销了，不像从前，隔三差五他会发来邮件报平安。这不正常，不像Z的作风，更可怕的是你发现Z一直在有意清除他在网络上留下的数据和旧迹，当旧迹清除得差不多之后，你便不知道他到底是不是还活着，你在网络上搜索不到有关他的信息，这就像是准备躲进深山的人，拿着石灰，将自己的脚印一点点清除。有段时间你疯狂地查阅海外华人死亡的新闻，却一无所获，Z消失了，不知是消失于阿富汗的战火，还是巴基斯坦的戈壁，还是印度的大街上，他究竟有没有抵达那烂陀，他活着还是已经死去，我们都不知道，他会不会在某一天突然出现在我们的家门口，唬我们一跳，又或许，我们再也见不到他。事后，你再回想起你们最后通过的电话，忽然觉得Z的声音浸透了绝尘而去的决心。

你梦见过几次Z在你面前惨烈地死去，或被人杀死，或被火焚烧，或在河中溺亡，或孤零零地吊在树上，然而你都无法解救他。你问洛山，有没有梦到过Z，洛山说：只梦到一次，我们三个人打牌，Z破天荒地输了。你又问他：他是活着还是死了。洛山想了想，说：死了的可能性很大。

为了验证心中的一些想法，我们和洛山去了Z的老家贵阳，看望Z的母亲，地址是洛山找出来的，人也是他联系的。Z的父母都是大学教师，父亲已于五年前去世。Z长得像母亲，细长的眼睛，小而圆的嘴巴，甚至连那疏离的气质也从她那里继承而来。Z的妈妈请我们坐下，给我们每个人倒了一杯清水，坐在对面，她已经什么都知道了。

“Z大学毕业之后离家，数年连个电话都没有，他父亲去世也没回来。”她说。

“为什么？”你问。

“他从小就聪明，是背着神童的名声长大的，但不太像其他的孩子和父母亲近，对我们只是客气，像个小演员，尽心尽职地演好儿子这个角色，时机一到，转身就走了。他很小的时候，我已经不知道他在想些什么。”她说，“他从这个家里离开之后，起初我还会去找他，不想断掉母子的情分，但他每次都避而不见，我后来发现，我和他爸爸，都是被他抛弃了。抛弃，这个词用得有点严重，但事实就那样。现在，他也抛弃了你们，也许你们和他再也不会相见了。很长一段时间，我没有想明白这些事情，经常梦见他，醒过来就打电话给他，他从来不接，或者坐上一整天的车去找他，但又见不到他，悻悻地回来。后来我想明白，这就是缘分浅，是我需要他，他不需要我。”

她带领我们参观Z以前的房间，进去之后，除了家具，屋子里空无一物，下午三点的白日照进来，堂皇明亮，更加剧了空寂之感，寻不出一点旧主人生活的痕迹。

Z决定离开这个家的那天，便将这个房间里所有带有他痕迹的东西都烧掉了，书本、照片、字迹，一切。Z的母亲指着床头一块剥落的墙皮说:“这块墙皮上Z曾用圆珠笔写过一句话，两年前，他破天荒地回来，在家里过了一夜，将墙皮上的字刮掉了。过了不久，我收到了一笔汇款，数目不小，是Z给的。”

“墙上写了什么，还记得么？”你问。

“不记得。”她笑着说，“以前没有注意过，直到他刮掉，才想起有些字来，写得很小。”

你苦笑出声，说:“就是Z做的事情。”

“就当他死掉了，不要挂念了。”她眨眨眼，眼里并没有悲喜。

你给Z的母亲拍了一张肖像，她站在Z的房间里，阳光像粉末一样扑满了她的全身，萧条而空荡的房间将她衬得很小一只。

回到家后，你将所有的照片都翻出来，拜托我一起在其中寻出有Z的照片，我们在数千张照片里整整找了两天，竟然发现，虽然相交多年，你没有拍过一张Z正脸的照片。以前你要给Z拍，Z都会想法子避开——躲在你的身后，或走出镜头之外，他在这方面过度敏感，起先你也不知为何，也不在意，总觉得还有机会，直至那时你才明白，他不肯在世上留下太多痕迹。你拿出一张照片，指着一个背影说，是Z呢。照片中，Z站在轮渡的甲板上，双手向天伸出，形如一只翅膀受伤的巨鸟，让人看了有些担心，假使他真的飞出去，也会马上掉下来。这张照片和那片被刮掉的墙皮一样，是Z背道而驰的铁证。

你忽然像个孩子一样哭起来，先是轻轻哽咽，泪水成串落下，直到泣不成声，捂着脸倒在我怀中，印象之中，你只有那一次流泪。Z的离开，点滴细末都变成不祥之兆——有一只风筝永远飞走了，通灵宝玉遗失于野，兔死狐悲，无论凭依什么，日常堆叠起的垃圾数不胜数，直至将我们完全压在下面，无人可以幸运到逃开那条死路，Z也不可以。

过了一会儿，你坐起来，去洗了把脸，将房间里零零散散的照片又重新收集，置回原处，那次之后，你便很少说起Z，忘却了他似的，我心照不宣地不再提起。你一直很平静，平静之下暗潮汹涌。

一段时间之后我再次想起Z，发现已经记不清楚他的相貌，只记得他坐在海边的扶手椅上抽烟的模样，其实他不会抽烟，只是笨拙地吸一口烟进去，再笨拙地将烟雾吐出，吹向远处，跟他在一起，总是不自觉会沾染上一种被愁绪污染过的安定，不知生托于何事何物，他应该一直被那种情绪困扰着吧。

i

天已经完全亮了，嘈杂声起，人与车的声音由小渐大，将灰的暗的驱逐到角落，漫长一夜终于过去，这次换我进入梦中，意识如一波波浪，冲上海岸，又退缩回去，浮荡无着，不敢睁眼，怕惊扰到它。你醒过来，凑到我的面前，鼻息吹到我的脸上，端详了好一会儿，伸出手来，搭在我的眼睛上，又热又潮。这一夜波诡云谲，你无从知晓。

“感觉你一夜没睡好。”你说，“我听到你起来了好几次。”

我没有回答，假装睡熟。你蹑手蹑脚地爬起来，走下床，收拾行李，准备出门，在客厅的窗前站了一会儿，风是飒飒的，吹得玉兰树沙沙有声。清晨的光如经伦勃朗的精心布置，你垂着头，还没有完全清醒过来，一半身在明处，一半脸陷在暗中。几分钟之后，你又走回床边，拉住我的手，每次短暂分别你都会放心不下，不知我醒还是睡，还是轻声叮嘱，好好吃饭，说完，拖着箱子离开，滚轮在地板上摩擦的声音却在耳内持续了很久。

想起去年你去日本出差一个月，我去做体检，检查出乳腺结节，医生说是抑郁所致，虽然不是什么严重的疾病，“结节”的意象是膨胀而盘根错节的，这些结节生长于腋下与乳房的皮肤里面，如米粒般大小，用手指轻轻捏下去，感觉到它们椭圆形，硬邦邦，大小不一，粘连在一起，我不自觉地总是伸出手去捏捏它们，确认它们的存在，竟然有种“孕育”的错觉。麻烦呢，又不知如何是好，心里的业障终于演变成身体的痼疾。

“你要开心一点，年纪轻轻就生结节很麻烦。”医生十分严肃地告知。

我听完竟然笑起来。

“有什么好笑。”医生说，“结节很麻烦，有癌变风险。”

“没什么。”

你回来之后，我把你的手按在皮肤上，让你也去感受皮肤之下那些奇怪的新生之物，我吓唬你，医生说这东西会越长越多，也会癌变，像身体里长出的蠕虫，会一点点把骨肉血都吃干净，到时候我的身体里全是这种硬邦邦的结节。你摇摇头，说，不会不会，又忍不住露出悲伤的神色，又说一句：怎么事情被你一讲，听起来就那么恐怖。我说，医生让我开心一点。你亲吻我，说：我也是这么说，快点健康起来，以前的你……而你我都知道，从前的我和以后的我只有想象中的区别，不会更好，不会更差。

你的鬓间出现了一根白发，轻微地晃动，分外扎眼，我又看去，又发现几根，野火燎原，白发一旦长出来，便很难遏止，在此之前，我翻遍你的脑袋也没找出过一根白发。三十多岁的人，按说总要生几根白发出来才像样子，但我确实从未寻出来过。仅从面容上看，相比初识的时候，几年时间，你老了许多，眼睛下面也生出细细皱纹，不仔细看倒看不大出来，眉心的那根竖形皱纹越来越深，眉毛用力地拧在一起，这使你看来有些阴沉，不好亲近。初次见你的模样我记得很清晰，几乎是个透明纯粹的人，年岁悄悄在你我的身体上留下痕迹，不经意间，这些衰变的征兆就被一不小心错过，日常里倒不大留心，我的年纪也逐渐大了，不足以称老，但也不能够说足够年轻。我伸出手去，帮你抚平眉间的竖纹，稍稍用力搓了一下，搓得那一小片皮肤发红。我又帮你拔去那几根白发，将白发放在你的手心，细数，四根。

“我妈说过，一根白发是一桩心事，你现在有四桩心事。”我说。

“如果白头发是这么长出来的，我现在一头雪白。”

“你有什么心事？”

“Z 的事，你的事，生活的事，工作的事，加起来，一千种一万种。”你想将那四根白发扔进垃圾桶，它们却黏在你的手心，你只好搓成一团，才摆脱它们，“Z 走后，有一段时间，我不想再拍照片了，准备将相机转卖掉，把相片都处理掉，犹豫了一阵，没有那么做，怕自己后悔。”

“啊？”我有些吃惊。

“嗯，觉得自己应该像洛山那样实心过日子。”

“难道我们过的是假日子？”我又好气又好笑。

“不是那个意思。”你说，“我们过的是没有办法量化的生活，从某种程度来说，是和 Z 一样的生活。如果能用洛山的方式生活，是不是会简单很多？人生进行到什么阶段，就去做那个阶段应当做的事情，该结婚了，该生孩子了，该有个房子……不去思考意义，不去想这世界和我有什么关系，不抗拒，不逃避，无我地活着。”

我大概明白你的意思，Z 将自己和这个世界对立起来，他只有非此即彼的选择，没有缓冲余地，他的离去是必然，因他根本无可选，以洛山的话说，是“想得太多，又想得太少”。你受了这句话的触动，发觉自己也是“想得太多，又想得太少”的人，也将自己的一部分和现实对立起来，仿佛这世上只有一个自由的真诚的自己，而这卑琐地苟活的是假的自己，只是你从不曾像Z那样，有勇气放弃为人的资格。

Z离开之后，你很长一段时间都没有拿起过相机，你说，不知道该拍些什么，没什么想拍的。曾经让你激动不已的瞬间，也无法勾起你按下快门的兴致，好长时间，即使你看见了精彩的画面，也只是默默放过去，你说，觉得那些和你再也没有联系了，而以前，那些偶然间绽放的烟花，在平淡的线形里一个个凸起的小起伏都会让你暗自激动，你对这些和你没有任何关系的人和事物负有记录的使命，正是这给了你一双如同孩子般晶明清亮的眼，里面有泉涌般内在的热情，那眼泉日渐枯竭了，而那双眼也马上要失去平日的光彩。你还是平常的样子，这是你的天性，能在任何一种环境里保持着常态，而不显露出情绪，你在公司的时间越待越长，总是半夜时分才拖着疲惫的身体回来，从我的身边走过去，程式化地拥抱、亲吻我，躺倒在床，飞快入梦，你把一整日的时间，填得密不透风，你似乎觉出以前的道路是错误的，只有用这样提线木偶似的单调麻木的方式才能继续生活，否则总有一天你也会像Z一样偏离，直至与众人相左。

我打电话给洛山商量，到底要怎么办才好，洛山在电话那头耐心地听完我那略显慌张的描述，沉默了一会儿。

“他需要一些时间。”洛山说，“Z的走失对他的影响很大。他心里难过，但不会表露出来，你比我了解他，他会好起来。”

洛山给我讲了一件事，发生于他与你相识的那年，那年你们一起在海滨城工作，公司旁边有一个潜水基地，你和洛山周末时常去那边玩。那附近有个海底溶洞，可以深潜。洛山从来只在浅海，因为那里明亮，风景其实也不错，最重要的是——不危险。谁都知道，越往深处越是黑暗神秘，水压越高，自然也越危险，因而溶洞去的人就少了，可是你每一次去都会往溶洞的更深处去一点，终于有一天，你探到了底，得胜归来，洛山问你，溶洞的底下是什么，你说，没有什么啊，一些淤泥罢了。

“那时候我在岸边等他，等了很久，等待的过程有些嫉妒，然而我又知道那是我和他最大的差别，我深入不到内里，而他可以。”洛山说，“其实不只我嫉妒他，Z也很嫉妒他，就像Z以前说的，我们三人里，真正找到救命稻草的，只有他。他肯定会回来的，你给他一点时间。”

后来你自然又重新拿起来相机，那已是数月之后，洛山的女儿出生，我们前去贺喜，小婴儿柔软而娇媚，皮肤雪白，还闭着眼睛，嘴唇嚅动，在米黄色的襁褓中蜷成一团，正酣然睡着，洛山让你抱抱小孩，你十分紧张，恐怕不小心把孩子给捏碎了，所以不敢抱，眼睛却完全被粉嫩的初生儿吸引，一刻不停地看着她，你伸出手指逗弄她，她竟然用那小小的五指紧紧抓住了你，好一会儿才放松，你忍不住哇哇叫起来，洛山夫妇在一旁笑起来。去的时候没想到会是这样的情形，所以没带相机，后来是洛山将自己的相机拿了出来，你拿着，拍下了孩子的照片——鼓鼓的眼睛、紧闭的嘴巴、面颊上金色的绒毛，孩子的枕边一只巨大的鳄鱼抱枕，正张着嘴要吞掉孩子，也因此，观看这张照片竟然有些紧张感。你拍照的时候全然忘我，跪在地上，镜头变成你的眼。初生的孩子都长得差不多，皱巴巴，只是因为娇嫩和脆弱惹人怜爱，你将照片发给洛山，洛山抱怨："哎呀，你竟然把我的孩子拍得像只青蛙。"话虽如此，他还是很高兴，将这张照片冲印出来，挂在客厅。

那天夜晚，我们住在洛山家的客房里，你四肢松松地摆成一个大字形，对我说，你拿着相机，拍下孩子的面孔时，突然觉得婴儿灵魂的清洁，投射在你的心里，令你再次经历了出生时的情形，这样的感觉你已经很久没有过，有时候你觉得影像虚伪，因为被记录下来的，实际上已经逝去，只是一个夹杂在过去和现在、真实与虚构之间的幻影，然而幻影也有它的价值，譬如海边的脚印，踩上去，过一会儿，海浪自然会把它冲走，它不是不存在，只是不复存在，拍照的人，是为了和这不复存在相抗，好教自己和别人记得某些强烈的、平淡的、绚烂的、卑微的，或者伟大的瞬间——像是永恒发来的语焉不详的电报。

我伸出手，拉住你的手，两只手交叠着，放在热乎乎的肚子上，闭着眼睛，想象着你死去之后，或许能够留下一些高贵的余韵，怕是会让很多人吃惊吧，然而你却要把这些通通都藏在平庸无趣的外表之下，如果不是和你日夜生活在一起，我必是不能理解，必然以为这是撕裂和对立，会生出怪异，但会对你产生神往和怜惜。

我侧着身体，看向你，想在黑暗中摹出你的轮廓，然而只看出一团混沌模糊的黑影。那时候我想说，我爱你，然而因为害羞，又因为这个词的语义不明，我终究没有说出口，我想以后也没有机会可以说，那三个字真是不值一提。你咕哝了几句含混不清的话，睡去了。

现在，我困倦了，阳光炽盛，透过窗帘，必须睡了，思绪已经错乱，再不睡又到夜晚，到了夜晚，又有一个个支离破碎的故事要串联起来，车轮般滚向我，碾得我不得安生。

图书在版编目（CIP）数据

大河深处 / 东来著 . -- 成都 : 四川文艺出版社，2019.4

ISBN 978-7-5411-5361-7

Ⅰ . ①大… Ⅱ . ①东… Ⅲ . ①短篇小说—小说集—中国—当代 Ⅳ . ① I247.7

中国版本图书馆 CIP 数据核字 (2019) 第 051054 号

DAHE SHENCHU

大河深处

东 来 著

选题策划 后浪出版公司
出版统筹 吴兴元
编辑统筹 朱 岳 梅天明
责任编辑 燕啸波
特约编辑 朱 岳 孙皖豫
责任校对 汪 平
装帧制造 墨白空间 · 黄海
营销推广 ONEBOOK

出版发行 四川文艺出版社（成都市槐树街 2 号）
网 址 www.scwys.com
电 话 028-86259287（发行部） 028-86259303（编辑部）
传 真 028-86259306

邮购地址 成都市槐树街 2 号四川文艺出版社邮购部 610031
印 刷 北京盛通印刷股份有限公司
成品尺寸 130mm × 210mm 开 本 32 开
印 张 5.5 字 数 110 千字
版 次 2019 年 4 月第一版 印 次 2019 年 4 月第一次印刷
书 号 ISBN 978-7-5411-5361-7
定 价 36.00 元

后浪出版咨询(北京)有限责任公司常年法律顾问：北京大成律师事务所
周天晖 copyright@hinabook.com

本书若有质量问题，请与本公司图书销售中心联系调换。电话：010-64010019